Johann Wolfgang von Goethe
Wolf G. Heimrath

Werther, der Werwolf

GOLDMANN
Lesen erleben

Johann Wolfgang von Goethe
Wolf G. Heimrath

Werther, der Werwolf

Roman

GOLDMANN

Originalausgabe

MIX
Papier aus verantwortungsvollen Quellen
FSC® C014496

Verlagsgruppe Random House FSC-DEU-0100
Das für dieses Buch verwendete
FSC®-zertifizierte Papier *Super Snowbright*
liefert Hellefoss AS, Hokksund, Norwegen.

1. Auflage

Satz: Uhl + Massopust, Aalen
Druck und Bindung: GGP Media GmbH, Pößneck
Printed in Germany
ISBN 978-3-442-31248-1

www.goldmann-verlag.de

Am 4. Mai 1771.

Bester Freund, was ist das Herz des Menschen! Dich zu verlassen, den ich so liebe, von dem ich unzertrennlich war – und froh zu sein! Ich weiß, Du verzeihst mir's. Eine wunderbare Heiterkeit hat meine Seele eingenommen, gleich den süßen Frühlingsmorgen, die ich allhier mit ganzem Herzen genieße. Ich freue mich meines Lebens in dieser Gegend, die für solche Seelen geschaffen ist wie die meine. Ich bin so glücklich, mein Bester, so ganz in dem Gefühl des ruhigen Daseins versunken, wäre der lästige Hundebiß nicht, den ich mir, unachtsam während unsinnigen Spiels, zugezogen, und um dessentwillen ich den linken Arm in der Schlinge trage. Aber die Einsamkeit in dieser paradiesischen Gegend ist meinem Herzen köstlicher Balsam, die Jahreszeit der Jugend wärmt mit aller Fülle mein oft schauderndes Herz. Jeder Baum, jede Hecke ist ein Strauß von Blüten, und man möchte zum Maikäfer werden, um in dem Meer von Wohlgerüchen herumschweben und all seine Nahrung darin finden zu können. Fragst Du, wie die Leute hier sind, muß ich Dir sagen: wie überall. Ich habe allerlei Bekanntschaft gemacht, Gesellschaft habe ich noch keine gefunden. – –

Von dem Hunde, der an dem Mißgeschick weniger Schuld trägt als ich und meine mutwilligen Späße, laß Dir sagen, daß es der Jagdhund des verstorbenen Grafen von W. gewesen, mit welchem der Dahingegangene gern durch die Waldungen gestreift, die herrlich, auf Hügeln angelegt, mit der schönsten Mannigfaltigkeit sich kreuzen und die lieblichsten Täler bilden. Der Hund, wegen seines abgrundschwarzen Felles Nero gerufen, soll dem Grafen in solchem Maß ergeben gewesen sein, daß er nach dessen Tod selbst sterbenselend wurde und das Gesinde keine Hoffnung mehr für ihn hatte. Als kürzlich aber wonnige Frühlingstage dem Winter seine Macht abrangen, durchpulste auch das trauernde Tier neuer Lebenshauch und zaghaft, so erzählt der Gärtner, begann Nero zu fressen. Nachdem ich des Hundes auf dem Porträt in der Halle, das den Grafen vor dem Ausritt zur Jagd abbildet, zum ersten Mal ansichtig worden, fand ich Nero abseits des Hauptzwingers in einem sauber gehaltenen Gehege, wo er die Zeit bis zur vollständigen Genesung verbringt.

Ein merkwürdiges Ungestüm nimmt meine Seele in diesen Tagen ein, sodaß ich, aller Regeln der Tierpflege uneingedenk, den Riegel löste und Nero einen Besuch abstattete. Das mächtige Tier hob den Kopf, und ich versichere Dir, Wilhelm, nie habe ich in klügere, wissendere Augen geblickt, die, von brauner Pupille, durch honiggelbe Einsprengungen eine magische Ausstrahlung erfuhren. Mir war, als blickte ich einen tierischen Bruder an, der, durch viele Leben gegangen, mir an Weisheit und Erfahrung überlegen. Mich kam die Lust an, gleich dem Grafen mit dem erstarkenden Nero durch die Flure zu streifen; so nahm ich sein Halsband vom Haken und war im Begriff, es ihm umzulegen. Kaum näherte ich mich ihm mit dem Bande, wand das Tier Hals und Brust nach allen Seiten, als wollte es um keinen Preis wieder eingespannt sein ins Geschirr. Ich lockte und neckte wohl zu heftig, denn als ich den Lederriemen erneut um seinen Nacken legte, fuhr das Maul des Schwarzen mit solcher Schnelligkeit hoch, daß bloßes Auge es kaum wahrnahm, und mächtige Zähne gruben sich in die Handfläche unterhalb meines Daumens.

Mein Erschrecken wandelte sich augenblicks in Übelkeit; die Hand, aus der das Blut schoß, gegen die Brust pressend, verließ ich den Zwinger und vergaß, hinweglaufend, den Riegel vorzulegen. Erster Beistand wurde mir durch den Gärtner zuteil, der nach dem Medikus schickte; jener nähte die Wunde an mehreren Stellen und verband mich sodann. Ich kann Dir sagen, Wilhelm, Schmerzen litt ich an diesem sonst so wonnigen Tag genug.

Erst gegen Abend fiel es den Bedienten anläßlich der Fütterung auf, daß Nero nicht im Gehege war, daß er, da der Bereich des Zwingers von einem hohen Zaun umgeben, über diesen hinweggesetzt haben mußte, und fortan unauffindlich war. Ich drückte dem Hofmeister mein Bedauern über den Vorfall aus, der höfliche Mann vergewißerte sich, ob alles zu meiner Wiederherstellung unternommen worden sei. Trotz stechender Schmerzen befinde ich mich nicht übel.

Am 7. Mai.

Du fragst, ob Du mir, solange ich der Schonung bedarf, meine Bücher schicken sollst? – Lieber, ich bitte Dich um Gottes willen, laß sie mir vom Halse! Ich will nicht mehr geleitet, ermuntert, angefeuert sein, braust dieses Herz doch genug aus sich selbst; ich brauche Wiegengesang, und den habe ich in seiner Fülle gefunden in meinem Homer.

Obzwar die geringen Leute des Ortes mich schon kennen, bin ich meist zufrieden mit mir allein und dem innigen Gespräch, das nur die Natur mit mir zu führen vermag. Ich weiß nicht, was ich für die Menschen hier Anziehendes besitze – es mögen mich ihrer viele, sie hängen sich gleichsam an mich. Wieder fühle ich, was ich schon oft bemerkt habe, auf das lebhafteste: Leute von Stand halten sich meist in kalter Entfernung vom gemeinen Volk, als glaubten sie, durch Annäherung zu verlieren. Ich weiß, daß wir nicht gleich sind noch sein können, aber ich halte dafür, daß der, der nötig zu haben glaubt, vom sogenannten Pöbel sich zu entfernen, um Respekt zu erhalten, ebenso tadelhaft ist als ein Feiger, der sich vor seinem Feind verbirgt, weil er zu unterliegen fürchtet.

Letzthin näherte ich mich einem Brunnen, war noch ein gutes Stück davon entfernt, da gewahrte ich ein junges Dienstmädchen, das ihr volles Gefäß auf die unterste Treppe gesetzt hatte und sich umsah, ob keine Kameradin käme, es ihr auf den Kopf zu helfen. Du fragst, Freund, wie ich das erraten habe? Das gerade ist die Absonderheit, die ich Dir schildern will. Ein großes Wiesenstück lag zwischen uns, und doch hörte ich, wie das Mädchen murmelte: Ach, käm doch eine, mir zu helfen.

Ich weiß nicht, ob täuschende Geister um diese Gegend schweben, oder ob eine warme himmlische Phantasie in meinem Innern ist, die mir alles rings greifbar nah erscheinen läßt, doch habe ich das junge Ding wahrhaft und deutlich vernommen. Mein Gehör, Du weißt es, ist durch eine oft auftretende Dumpfheit geplagt, weshalb ich im Gespräch gezwungen bin, dem oder jenem mich zuzuwenden, will ich ihn verstehen. Nichts davon an dem Morgen. Einem Luchs wäre die geseufzte Bemerkung des Kindes entgangen; ich aber stieg hinunter und sah sie an.

– Soll ich Ihr helfen, Jungfer?

Sie ward rot über und über. – O nein, Herr!

– Ohne Umstände! sagte ich.

Sie legte ihren Kringen auf den Kopf, ich half ihr, sie dankte und stieg mit mir hinauf.

Wie mit den Ohren ist es in diesen Tagen mit meinem ganzen Selbst. Oft muß ich mein wild pochendes Herz zur Ruhe lullen; so unstet, so fiebernd vor Wachheit hast Du noch keines erlebt! Ein jagendes Gefühl zieht in mir zuletzt heftig herum, daß ich schreien und jauchzen möchte. Lieber! brauch ich Dir das zu sagen, der Du oft die Last getragen hast, mich vom Kummer zur Ausschweifung, von süßer Melancholie zur verderblichen Leidenschaft übergehen zu sehen? Doch nie, Wilhelm, ich schwör's, trieb mich wallende Menschenkraft in mir selbst so um wie in den Tagen, da ich, den Arm in der Schlinge, von Wundschmerzen geplagt, durch den Frühling streife! Wenn ich das Übermaß an Eindrücken, die sich mir zu grellbunten Gestalten und quälend lichten Aussichten gestalten, nicht länger ertrage, werde ich traurig und stumm bis auf den Tod, kehre in mich zurück, und finde daselbst eine Welt von Ahnung und wilder Begier, in der alles vor meinen Sinnen schwimmt. Ich seufze und träume fort, fernab von der Welt.

Leb wohl! der Brief mag Dir fremd sein, ich will mir Mühe geben, nächstens nüchterner das Dasein zu erfassen.

Am 13. Mai.

Warum ich Dir nicht schreibe, fragst Du das? Du sollst raten, daß ich mich wohl befinde, und zwar – Kurz und gut, ich habe eine Bekanntschaft gemacht, die mein Herz näher angeht. Ich habe – ich weiß nicht. Dir in der Ordnung zu erzählen, wie's zugegangen, daß ich eins der liebenswürdigsten Geschöpfe habe kennen lernen, wird schwer halten. Ich bin vergnügt und also kein guter Historienschreiber.

Einen Engel! – Pfui! Das behauptet jeder von der Seinigen, nicht wahr? Und doch bin ich nicht imstande, Dir zu sagen, wie sie vollkommen ist, warum sie vollkommen ist; genug, sie hat all meinen Sinn gefangen genommen. So viel Einfalt bei so viel Verstand, so viel Güte bei so viel Festigkeit und die Ruhe der Seele bei dem wahren Leben und der Tätigkeit. –

Das ist alles garstiges Gewäsch, was ich da von ihr sage, leidige Abstraktionen, die nicht einen Zug ihres Selbst ausdrücken. Ein andermal – Nein, nicht ein andermal, jetzt gleich will ich Dir's erzählen. Tu ich es jetzt nicht, so geschäh es niemals. Denn, unter uns, seit ich angefangen habe zu schreiben, war ich schon dreimal im Begriffe, die Feder niederzulegen, mein Pferd zu satteln und hinauszureiten. Und gehe doch alle Augenblicke ans Fenster, zu sehen, wie hoch die Sonne noch steht. – –

Ich hab's nicht überwinden können, ich mußte zu ihr hinaus. Da bin ich wieder, Wilhelm, will mein Butterbrot zu Nacht essen und Dir schreiben. Dabei schmerzt meine Hand bei der kleinsten Verrichtung; das Brot zu schneiden, beiß ich mir auf die Lippe, um nicht wehzuklagen. Die Wunde, jener unselige Hundebiß, weitet sich zu etwas Üblerem aus, es scheint geboten, gleich morgen zum Arzt zu reiten.

Die jungen Leute hier haben einen Ball auf dem Lande ausgerichtet, zu dem ich mich willig finden ließ. Ich bot einem hiesigen, unbedeutenden Mädchen die Hand, und es wurde ausgemacht, daß ich die Kutsche nehmen, mit meiner Tänzerin nach dem Ort der Lustbarkeit hinausfahren und auf dem Wege Charlotte S. mitnehmen sollte.

– Sie werden ein schönes Frauenzimmer kennenlernen, sagte meine Gesellschafterin, da wir uns zur Abfahrt bereit machten. – Nehmen Sie sich in acht, daß Sie sich nicht verlieben!

– Wieso? sagte ich.

– Sie ist schon vergeben, an einen braven und reichen Mann, der weggereist ist, seine Geschäfte in Ordnung zu bringen.

Die Nachricht war mir ziemlich gleichgültig, ich wollte eben den Wagen besteigen, als ich den Bedienten auf dem Kutschbock derb am Lederzeug zerren sah. Was die Braunen hätten, fragte ich; mir entging nicht, daß die lammfrommen Pferde, die oft nur mit der Peitsche von der Stelle zu kriegen sind, unruhig taten, schnaubten, kaum im Geschirr zu halten waren.

– Wird der Sturm sein, sagte der Kutscher. Der fuchst sie, macht sie wild.

Über der Fahrt durch den weiten ausgehauenen Wald vergaß ich des Vorfalls, es ging nach dem Jagdhause hin. Die Sonne war noch eine Viertelstunde vom Gebirge, als wir vor dem Hoftor anfuhren. Es war schwül, und das Frauenzimmer neben mir äußerte seine Besorgnis wegen eines Gewitters. Ich hoffte darin eine Erklärung für den heftiger werdenden Schmerz in meiner Hand zu erhalten, die ich vor dem Blick meiner Weggefährtin verbarg. Vor der Abfahrt hatte ich zum ersten Mal den Verband abgenommen, um mir zum Tanz einen Handschuh überstreifen zu können, und dabei bemerkt, daß entlang des Wundmals so etwas wie Haar aus der gedunsenen Haut hervordringt. Dies schien mir sonderbar, denn es ist bekannt, daß Haarwuchs im Umfeld von Narben üblicherweise ausbleibt. Dies Haar war zudem nicht von der Art, wie ich es an mir kenne; meins ist, Du weißt es, am Haupt wie am Körper von hellbraunem Glanz. Der Wuchs unterhalb meines Daumens aber war schwarz und borstig wie das Fell eines Ebers. Ich hatte kaum vermocht, der harten Borsten mit einer Schere Herr zu werden.

Ich stieg aus, eine Magd, die ans Tor kam, bat, ich möge mich einen Augenblick gedulden, Mamsell Lottchen würde gleich kommen. Mir war nicht nach Warten, wie ich in den letzten Tagen überhaupt eine innere Wildheit und Ungeduld an mir feststelle, die der Frühling verursachen mag, so ging ich durch den Hof nach dem wohlgebauten Hause. Da ich die Treppe hinaufgestiegen und in die Tür trat, fiel mir das reizendste Schauspiel in die Augen. Im Vorsaal wimmelten sechs Kinder um ein Mädchen von schöner Gestalt, die ein keusches weißes Kleid mit blaßroten Schleifen an Arm und Brust anhatte. Sie hielt ein schwarzes Brot und schnitt ihren Geschwistern ringsherum jedem sein Stück nach Proportion ihres Alters ab, gab's jedem mit Freundlichkeit, und jedes rief ungekünstelt: Danke! indem es mit den Händchen in die Höhe reichte und mit dem Abendbrot vergnügt wegsprang oder nach dem Hoftor ging, um die Fremden und die Kutsche zu sehen, darinnen ihre Lotte wegfahren sollte.

– Ich bitte um Vergebung, sagte sie, daß ich Sie hereinbemühe und die Freundin draußen warten lasse.

Meine ganze Seele ruhte auf ihrer Gestalt, ich lauschte dem Tone und hatte kaum Zeit, mich von der Verzückung zu erholen, als sie abseits auf den Rasen lief, ihrer Ziege Lebewohl zu sagen. Ein reizendes Kitz, kaum der Geißenmutter entwachsen, das mit drolligen Sprüngen rund um den Pflock setzte, an den Lotte es mit langem Strick gebunden.

– Ich taufte ihn Fridolin.

Mir ward die Ehre, Fridolin zu streicheln, doch wollte er kein Grasbüschel von mir nehmen. Wie schildre ich mein

Gefühl, Wilhelm, als Charlotte das Tier umarmte, ihr Gesicht in sein feines Fell drückte und ihm Kosenamen gab! Wünscht ich nicht, ich selbst wär das Böckchen, das solcher Zärtlichkeit teilhaftig würde?

Wir hatten uns kaum in der Kutsche zurechtgesetzt, die Frauenzimmer sich bewillkommnet und über die Balltracht, vorzüglich die Hüte, ihre Anmerkungen gemacht und die Gesellschaft, die man erwartete, gehörig durchgezogen, als wir Hufgetrappel vernahmen, Charlotte aus dem Fenster sah und den Kutscher halten ließ. Hinter uns kam der Papa, der vom Aufbruch der Tochter unterrichtet worden, dreingeritten, um von der Ältesten rasch noch Abschied zu nehmen. Ich fand es dem Anstand gezollt, auszusteigen und mich dem Herren vorzustellen, als das Unglück beinah seinen Lauf nahm. Das Tier des rüstigen Reiters, kaum wurde es meiner gewahr, stieg hoch, daß die Vorderhufe um Haaresbreite das Wagendach streiften. Wild aufgerissen starrten die Pupillen des Pferdes auf mich herab, es fletschte das gelbe Gebiß, Schaum und Speichel vor dem Maul, dabei wieherte es, als ob es in Todesangst schriee. Lottens Vater, unvorbereitet auf den Ausbruch, schwankte rückwärts, doch gelang es ihm, sich an der Mähne festzuklammern, sonst wär er abgestürzt.

– Ruhig jetzt. So! Du! rief ich zu dem enthemmten Falben empor und griff beherzt die Zügel. Nach einigem Gezerre sank er auf alle viere und stieg, obzwar in unerklärlicher Panik den Blick nicht von mir wendend, kein zweites Mal hoch.

– Was war's? fragte Charlotte, die geängstet den Vorfall aus dem Wagen beobachtet. – Was ist es, das dem braven August solche Furcht vor Euch einflößt?

– Vor mir? gab ich erstaunt zurück.

– Noch nie hab ich ihn beim Anblick eines Fremden so hitzig erlebt. Dabei schüttelte sie den Kopf.

– Wird ein Eichhörnchen gewesen sein oder ein Ratz, beruhigte der Vater, der die Herrschaft über sein Pferd wiedererlangte. Lotte erkundigte sich, ob sie lieber bei ihm bleiben und ihm nach erlittenem Schrecken etwas kochen solle. Der freundliche Mann erwiderte, sie möge zusehn, daß sie zu ihrem Vergnügen komme, er sei nicht gewillt, auf seinen freien Abend ohne die gestrenge Tochter zu verzichten. So schieden sie mit einem Scherzwort, und wir fuhren zum Lusthaus voran.

Die Base fragte, ob Lottchen mit dem Buch fertig wäre, das sie ihr neulich geschickt. – Nein, sagte diese; alltäglich, wie jenes Buch das Leben beschreibe, gefalle es ihr nicht, sie könne es wiederhaben. Ich fand so viel Charakter in allem, was Lotte sagte, sah mit jedem Wort neue Reize, neue Strahlen des Geistes aus ihren Gesichtszügen hervorbrechen, daß ich fragte, was für Bücher ihr gefielen und erstaunte über die Maßen, was sie antwortete.

– Da ich so selten an ein Buch komme, muß es auch recht nach meinem Geschmack sein, und der Autor ist mir der liebste, in dem ich meine Welt wiederfinde.

Was das für eine Welt sei, erkundigte ich mich.

– Eine, in der Geschichten, die sich des Übersinnlichen,

des Außernatürlichen bedienten, wahr würden und zudem noch ein gutes Ende fänden.

– Von Geistern und körperlosen Jungfraun lest Ihr? scherzte ich, fand mich aber von Charlotten streng gemustert. Daß es Kreaturen gebe, die außerhalb unseres engen Verständnisses ein Dasein führten, müsse selbst ein nüchterner Sinn wie der meine zugeben.

– Nüchtern, ich? wollte ich dazwischenrufen, sie aber ließ mich nicht zu Wort kommen.

– Unglückselig zwischen den Grenzen der hiesigen und einer nächsten Welt gefangen, existieren Geschöpfe, sagte Lotte, weder lebendig noch tot, dafür gibt es mannigfaltigen Beweis. Auch wenn sie noch keinem begegnet sei, liebe sie es, in Geschichten und packend geschilderten Berichten über solche zu lesen.

Ich bemühte mich, meine Bewegung über diese Worte zu verbergen, mußte ich mich doch fragen, ob die schöne Charlotte in der Abgeschiedenheit des Jagdhauses ein wenig sonderlich geworden sei. Insgeheim fand ich es ratsam, sie häufiger in Gesellschaft Gleichalteriger zu bringen, statt in der an Phantasien reichen Welt der Kinder zu belassen. Zugleich gestehe ich, Wilhelm, wie sehr ich mich unter solchem Gespräch an ihren schwarzen Augen weidete, wie die lebendigen Lippen und die frischen munteren Wangen meine Seele anzogen! wie ich, in den hitzigen Klang ihrer Rede versunken, oft die Worte nicht hörte, mit denen sie sich ausdrückte. Du hast gewiß eine Vorstellung, Freund, weil Du mich kennst. Kurz, ich stieg aus dem Wagen wie ein Träumender, als wir vor dem Lusthaus hielten. Durch unser merkwürdiges Gespräch war ich so ganz in der rings hinblauenden Welt verloren, daß ich auf die Musik kaum achtete, die uns von dem erleuchteten Saal herunter entgegenschallte. Über das Weitere, das sich an Unerhörtem noch steigern soll, will ich Dir nächstens radotieren.

Am 15. Mai.

Seit der Zeit jenes genußreichen Abends und der darauffolgenden Unglücksnacht ziehen Sonne, Mond und Sterne wie gewohnt ihre unruhigen Bahnen, ich aber, ahnungsvoll Aufgewühlter, weiß weder, daß Tag noch daß Nacht ist, und die ganze Welt verliert sich um mich her.

Dabei, Freund, fing es so lieblich an! Höre, urteile und ermuntere mich mit Deinem Rat! Anfangs schlangen wir uns in Menuetts um einander herum, ich forderte ein Frauenzimmer nach dem anderen auf. Lotte und ihr Tänzer fingen einen Englischen an, und wie es mich packte, als sie die nächste Figur mit mir anhub, magst Du fühlen. Tanzen muß man sie sehen! Sie ist mit ganzem Herzen und ganzer Seele dabei. Ihr Körper eine Harmonie, so unbefangen, so leicht, als wenn das Schwebende ihr eigentliches Wesen wäre. Ich bat sie um den zweiten Contretanz; mit der liebenswürdigsten Freimütigkeit versicherte sie mir, daß sie herzlich gern Deutsch tanze.

– Mein Tänzer walzt schlecht, fuhr sie fort, er dankt mir's, wenn ich ihm die Arbeit erlasse. Ihr Frauenzimmer kann's auch nicht, ich habe aber gesehen, daß Sie gut walzen. Wenn

Sie nun mein sein wollen fürs Deutsche, so gehen Sie und bitten sich's von meinem Herrn aus, und ich will mit Ihrer Dame sprechen.

Nun ging's an! Wir ergötzten uns eine Weile an mannigfaltigen Schlingungen der Arme; mit welchem Reiz, mit welcher Flüchtigkeit bewegt sie sich! Da ich mein Bestes tat und zwar in den kühnsten Figuren, legte sie ihr erhitztes Köpfchen zurück und rief lachend: Da tanzt einer, als wär er kein Mannsbild, sondern ein unbändig Tier!

Als wir immer wilder ins Walzen kamen und die Sphären um uns her sich stürzend umrollten, verlor ich das Publikum an den Seiten des Lusthauses ganz aus dem Sinn. In all dem Wiegen und Drehen und sich Verschlingen der Glieder waren nur noch Lotte und ich die einzigen, ganz der Musik und dem Gefühl Hingegebenen auf der Welt. Das liebenswürdige Geschöpf in den Armen zu haben, mit ihr herumzufliegen wie Wetter – ach Wilhelm! insgeheim tat ich den Schwur, daß Lottchen fürderhin nie mehr mit einem anderen walzen sollte als mit mir, und wenn ich darüber zugrunde gehen müßte.

Am Ende der dritten Runde, wie wir die Reihe durchtanzen, kommen wir nah an einer Frau vorbei, deren Miene in einem nicht mehr jungen Gesicht mir merkwürdig scheint. Sie sieht Lotten mit einem gleichsam dämonischen Lächeln an, hebt einen drohenden Finger und nennt den Namen Albert, während wir an ihr vorbeifliegen, zweimal und mit Bedeutung.

– Wer ist Albert? sage ich zu Lotten, wenn's nicht Vermessenheit ist zu fragen. Sie war im Begriff zu antworten, als wir scheiden mußten, um die große Achte zu machen, und mich dünkte, einiges Nachdenken auf ihrer Stirn zu sehen.

– Was soll ich's Ihnen leugnen, sagte sie, indem sie mir die Hand zur Promenade bot, Albert ist ein braver Mensch, dem ich so gut als verlobt bin.

Nun war mir das nichts Neues, das Mädchen hatte mir's auf dem Weg ja gesagt, und war mir doch just neu, weil ich es nicht im Verhältnis auf sie, die mir in kurzer Zeit so lieb und wert geworden, gedacht hatte. Durch das Feuer, das sich jäh in mein Herz ergoß, verwirrte ich mich, kam zwischen das unrechte Paar hinein, daß alles drunter und drüber ging, und Lottens ganze Gegenwart, ein Gezerre und mancher Zwischenschritt nötig waren, es wieder in Ordnung zu bringen.

Der Tanz war noch nicht zu Ende, als Blitze, die wir schon lange am Horizont leuchten gesehen, stärker zu werden anfingen und der Donner die Musik überstimmte. Frauenzimmer begannen aus der Reihe zu laufen, denen ihre Herren folgten, die Unordnung wurde allgemein, und die Musik hörte auf. Wir traten ans Fenster. Es donnerte abseitswärts, Regen säuselte auf das Land, erst zaghaft, dann unter Wettergeleuchte in mächtigem, unaufhörlichem Guße. Angstvolle Grimassen, in die ich mehrere Frauenzimmer ausbrechen sah; eine setzte sich in die Ecke, mit dem Rücken gegen das Fenster, und hielt die Ohren zu. Eine andere kniete vor ihr nieder und verbarg den Kopf in der ersten Schoß. Eine dritte schob sich zwischen beide hinein und umfaßte ihre Leidensgenossinnen mit tausend Tränen. Manche der jungen Stutzer kümmerten sich um ihre Damen, sehr damit beschäftigt, die ängstlichen Gebete, die dem Himmel bestimmt waren, von den Lippen der schönen Bedrängten wegzufangen. Andere Herren hatten das Gemüt, sich in die Vorhalle hinabzubegeben und in Ruhe ein Pfeifchen zu rauchen.

Ich hatte Charlotten aus den Augen verloren, und das war mir recht. Daß der Frauen ängstliche Unbill Anlaß zu eiligen Besorgungen gab, sah ich genauso erleichtert, denn so war jegliche Aufmerksamkeit von mir abgelenkt. Ich nämlich – Wilhelm, ich stocke, davon zu beginnen! – als ich, aufgewühlt durch Lottens Bekenntnis, sie sei dem anderen versprochen, das Blitzen und Donnern schaute, hineinstarrte in die sich entladende Natur, als ich, anders als die Gesellschaft, nicht ins Innere, sondern hinaus auf die Veranda trat, bemächtigte sich meiner ein Taumel, dem ich ganz ausgeliefert war, und der mich zwang, den Naturmächten hohnzulachen, als seien Sturm, Wetter und Blitz nicht im mindesten so zerstörerisch als mein eigenes Selbst! Was ist des Menschen wahre Natur? Ist sein lichter, ehrfurchtgebietender Geist und alle Vernunft, erworben durch Zeitalter des Menschheitsgeschlechts, nur durch ein nichtiges Etwas, dünn wie ein Blütenblatt, abgetrennt vom Urwüchsigen, dem Instinkt des Tieres, der wildesten, unbändigsten Kreatur? Wohin zieht es mich, Wilhelm, wohin bin ich denn unterwegs? Was ist dies gefährliche Brennen, genährt aus eigener Seele, zugleich Teil einer Kraft, die ganz außer mir liegt? Sind es Dämonen, fragte ich, während Wind und Wasser mich peitschten; wie soll ich mich ihrer erwehren, die Urgeister zurückdrängen in Sphären, denen sie entstiegen sind? Ich sah meine Hände, Wilhelm! zu Klauen gebogen, sah Haar wie Tierfell auf ihnen sprießen. Ich hörte Laute aus meiner Brust, die nichts Menschliches hatten; keinen Hund, keinen Vierbeiner habe ich je so grausig knurren und hecheln hören. Und da mir's so wund und schmerzvoll war, riß ich den Kopf hoch, hielt mein Gesicht in den unendlichen Regen und rang ein verzweifeltes Heulen hervor, das mir Erleichterung schuf.

So rasch wie sie gekommen, drehte meine Verwandlung sich in ihr Gegenteil um; ich fühlte mich schwach, elend, voll der widerstreitendsten Gefühle, zugleich aufs neu erfüllt von reinigender Vernunft. Mich an der Mauer vorwärtstastend, trat ich in den Lustsaal zurück und fand das Ballvolk bei geselligem Pfänderspiel. Furcht und Not hatten sich, wie das Gewitter selbst, verzogen. Manche Bemerkung hörte ich ob meiner nassen Aufmachung und meines gezausten Haars; es kümmerte mich nicht. Ich machte mich auf die Suche nach Lotten und fand sie am Fenster. Der erquikkendste Wohlgeruch warmer, feuchter Luft stieg dort zu uns auf. Sie stand auf ihren Ellenbogen gestützt, ihr Blick durchdrang die Gegend – hatte sie die Entgleisung meiner Selbst geschaut? Sie sah gen Himmel und auf mich, ihr Auge tränenvoll, und plötzlich legte sie ihre Hand auf die meinige. Da versank ich in dem Strom von Empfindungen, den sie über mich ausgoß, neigte mich auf ihre Hand und küßte sie unter den wonnevollsten Seufzern. Sah nach ihrem Auge wieder – o edler Freund! hättest Du die Verzückung in ihrem Blick gesehn, Du wärst wie ich hingestürzt zu Füßen der Einzigen – doch nur für einen Moment. Danach trieb's mich fort, in die Nacht, die Verklärung, die Einsamkeit.

Am 16. Mai.

Mag mit mir werden, was will, Wilhelm, die Nacht nach dem Kuß hab ich in unheiliger Lebenslust hingebracht, trunken vor Natur, verliebt in die eigene Gier. In die frühlingsberauschte Maiennacht trieb's mich, und obwohl Neumond ist und Wald und Flure von keinem Stern beglänzt waren, sah ich, Wilhelm! ich sah, was Menschenaug zu schauen außerstande ist, sah den Taumel des nächtlichen Ringelreihns, Jagd und Flucht, die Lebenswildheit der Natur und den Tanz des Sterbens. Meine Ohren sind seit der Begebenheit mit jener Magd noch tausendmal schärfer geworden, daß ihnen das Plustern des Uhus, eines Dachses Schnauben, selbst des Zweigleins Knacken vom andern Ende des Tales nicht entgeht. Wie Hunde ihr Ohr in die Richtung aufstellen, aus der ein Laut kommt, richten auch meine Ohrmuscheln sich nach der Quelle des Schalls aus. Und gar das Auge! wie schildre ich es? – Stell Dir, Freund, eine Spinne vor, die in rabenschwarzer Nacht in ihrem Netze hängt und auf Beute lauert. Stell Dir vor, du rittest vom Spinnennetz bis zur nächsten Bergkuppe davon, hieltest dort und wandtest dich um. Ein Zucken des Spinnenbeins, ein Zittern der

Fäden, beim schwachen Licht, das modriges Unterholz erzeugen mag, ich konnte es sehen! Der Wald war mir vertrauter Boden, ich hatte die Schuhe abgetan, barfuß sprang ich in gewaltigen Sätzen durchs Moos, auf Felsrücken und über Baumstrünke, fühlend, was Urkraft in uns vermag – war ich doch selbst Teil des Urvermögens, glückhaft berauscht und zu Unfaßbarem bereit.

Danach weiß ich nichts, nur daß ich, bei herrlichem Sonnenaufgang erwacht, nah einem Bachlauf lag. Der sprudelnde Quell zog mich an, ich erquickte die Glieder und schaute mein Spiegelbild. Welch ein Erschrecken! Besudelt war ich von frischem, noch nicht getrockneten Blut! Da ich mein Haupt abtaste, finde ich einen klaffenden Riß, aus der Wunde mag das Blut geflossen sein. Ich wusch und säuberte mich, mit unbändigem Lebensmut wanderte ich darauf in den Morgen hinein. Ein Tag hub an, wie ihn Gott seinen Heiligen aufsparen mag.

Du kennst meine Wahlheimat, Wilhelm, von da ist es nur eine halbe Stunde zu Lottens Haus, wo ich alles Glück erahne, das dem Menschen geschenkt werden mag. Lieber Freund, es ist wunderbar! dort das Wäldchen! ach, könntest Du Dich in seine Schatten mischen! Da die Spitze des Berges, die ineinandergeketteten Hügel und vertraulichen Täler. Lang hab ich das Jagdhaus, das nun all meine Wünsche einschließt, bald vom Berge, bald von der Ebene über den Fluß betrachtet. – –

Den Traum noch zu erwähnen, der mich, als ich am Bach schlief, heimsuchte – mir war's zwischen Lachen und Schaudern, als ich daraus erwacht. Sah ich darin doch den Grafen von W., den fürsorglichen alten Mann, dem ich so viel verdanke, dessen Hund sich übrigens bis heute nicht wiederfand. Der gute Graf war, im Traum versteht sich, tot und zugleich nicht tot. Er hatte, mir im Traum zu erscheinen, eine andere Gestalt angenommen. Das ist nun, dachte ich später im Wachen, das Eigentümliche eines Traumes, daß vertraute Menschen uns im nächtlichen Bild unserer Seele verwandelt vorkommen und etwas Anderes, ja geheimnisvoll Fremdartiges darstellen. Die Traumnatur meines Grafen war nämlich ein Tier. Ein fletschend schwarzmächtiges Vieh von Fabelgröße, das sich in der Art des Grafen auf mich zubewegte und mit der Stimme des Grafen sprach. – Du bist unterwegs zu uns, sagte der tierische Alb. Komm, komm nur, wir harren deiner. Darauf stieg das gräfliche Tier die schöne Mitteltreppe seines Schlosses empor und verschwand im Lichte eines Mondstrahls.

Da ich später des Morgens im Garten die Zuckererbsen pflücke, sie abfädne, in der Küche einen Topf wähle, mir Butter aussteche, die Schoten ans Feuer stelle, zudecke und mich dazusetze, sie umzuschütteln, bedenke ich meinen Traum. Mir fiel bei, daß mein Spukbild den Grafen und seinen schwarzen Hund zu ein und der selben Gestalt verschmolzen hatte, und so war die Erklärung für alles gefunden. Meine Hand, Lieber, daß ich's nicht vergesse, ist besser und rascher verheilt, als selbst der Medikus hoffte.

Am 17. Mai.

O was man ein Kind ist! Was ich ein Kind bin! Ich werde sie sehen! Wilhelm, zur Mittagsstunde des nämlichen Tages ruf ich es aus, da ich mit aller Heiterkeit der schönen Sonne entgegenblicke – ich werde sie sehen! und zittre dem Augenblick entgegen, und habe für den ganzen Tag keinen Wunsch weiter. Alles, alles verschlingt sich in dieser Aussicht. Lottens Porträt habe ich dreimal angefangen und dreimal verworfen, darauf habe ich ihren Schattenriß gemacht, er ist gelungen, damit soll es genügen. Trotz Freude und Träumerei habe ich mir auferlegt, sie allzu oft nicht mehr zu sehen, was fruchtet es, sag ich mir, wird doch der andere, Albert, über kurz oder lang hier erscheinen und mich aller seligen Hoffnung berauben. Wer das aushalten könnte – Wilhelm! ich nimmermehr: Wenn ich hinausgehe und ihrer Atmosphäre zu nahe komme, braucht's nicht viel – und zuck! so bin ich schon wieder dort, bei ihr.

Meine Großmutter hatte ein Märchen vom Magnetenberg: alle Schiffe, die ihm zu nahe kamen, wurden auf einmal alles Eisenwerks beraubt, die Nägel flogen aus dem Holz und dem Berge zu, und die elenden Schiffsleute scheiterten zwischen den übereinander stürzenden Brettern und wurden in die Tiefe gesogen. So verhält es sich mit meinem Sehnen nach Lottchen, heute jedoch, lieber Freund! heut werd ich sie sehen! – –

Heimgekehrt vor Minuten, muß ich sogleich berichten! Es ist tot, gerissen zur Nacht – Freund, die Hand zittert mir! das Zicklein, Lottens Lieblingstier, getötet und ausgeweidet! Kein Marder, kein Dachs wären dazu imstande – ein tollwütiger Hund, sagt der Förster, im Gesinde geht gar das Gerücht von einem Wolfe um. Ein Wolf, Wilhelm, in unseren Landen! Winters fielen sie manchmal aus dem Gebiet von P. ein, doch das liegt Jahre zurück. Trauriger noch als der Schrecken ist der bittere Schmerz, den das liebe Mädchen durch den Verlust erleidet. Sie ist ganz trostlos, mag sich vom Vater nicht, auch nicht durch das Wehklagen ihrer kleinen Geschwister aus dem Stall fortholen lassen. Dabei muß das Böcklein unter die Erde, wir haben bald Sommer, Verwesung setzt ein, Fliegenschwärme umlagern die Hütte.

Ich habe meine eigene Mutmaßung, was den Übeltäter betrifft, offenbarte sie aber noch keinem. Der schwarze Hund des Grafen, seit Tagen unauffindbar, treibt sich hier draußen herum. Mag sein, die Witterung des milchwarmen Zickleins ist ihm zu Nasen gestiegen.

Kurz, heute war nicht der Tag, an dem ich Lotten sehen sollte, ließ mein Kompliment ausrichten ihrem Vater und bot Hilfe zur Erlegung der Bestie. Denn, Hund oder Wolf, kommt ein solches Vieh auf fremden Höfen einmal in den

Blutrausch, läßt es nimmer ab und sucht stets neues warmes Leben zu reißen. Hier ist schnelles Handeln Notwendigkeit.

Meine Tränen um Lottens Tränen sind nun getrocknet. Doch bin ich zerstreut. Adieu, Lieber, ich schließe. Was ist unserem Herzen die Welt ohne Liebe! Was eine Zauberlaterne ist ohne Licht! Kaum bringst du das Lämpchen hinein, so scheinen die buntesten Bilder an deine weiße Wand!

Am 23. Mai.

Albert ist angekommen. Ich muß fort! Und wär er der beste, der edelste Mensch, ihn vor meinem Angesicht im Besitz so vieler Vollkommenheiten, wie Lotte sie darstellt, zu sehen – Besitz! – Genug, Wilhelm, der Bräutigam ist da! Nach außen ein braver Mann, dem man gut sein muß. Warum sagt etwas in meinem Innern aber, dem sei nicht so? Warum knurrt's in mir, der Instinkt nimmt Witterung auf, woher der faule Geruch kommen mag, der mit Alberts Erscheinen das Jagdhaus durchzieht? Bin ich das etwa selbst, ist das mein Neid, die Habgier, die ihm das schöne Wild abjagen will? Ist es der Dunst der Eifersucht, der umweht, daß er nicht haben darf, was mir gehören muß!

Albert scheint mein Gefühl zu spüren, er ist redlich genug, und hat Lotten in meiner Gegenwart noch nicht geküßt. Das lohn ihm Gott! Um des Respekts willen, den er vor dem Mädchen hat, muß ich ihn achten. Zugleich – ist es nicht widerlichste Bigotterie, daß er sie sein nennen darf, nicht aber in Besitz nimmt, sondern zappeln läßt wie einen Köder, an dem jeder sich ergötzen, nach dem jeder schnappen mag? Ich darf Albert nicht trauen, obzwar er mich freundlich behandelt – das mag Lottens Werk mehr sein als seine eigene Empfindung. Darin sind Weiber ja, wie jung sie sein mögen, raffiniert, wenn sie zwei Verehrer in gutem Vernehmen miteinander halten, um sich selbst noch besser auszustellen. – Nein, Wilhelm, ich will Lotten nicht in üblem Lichte betrachten, sie ist die Reinheit, der Edelmut selbst – aber! wie kann sie zwei Mannsbilder, die auf den Leim ihr kriechen, die ihrer Fährte folgen, zu niedlichen Schoßhunden zähmen?

Alberts gelassene Außenseite sticht gegen die Unruhe meines sich unaufhaltsam ändernden Charakters ab; er scheint wenig üble Launen zu haben, weder Grillen noch Wildheiten. Diese Art unablässiger Gelassenheit, Du weißt es, Freund, ist eine Sünde, die ich ärger hasse am Menschen als andere. Albert hält mich für einen Mann von Sinn und versucht, mich bei Tisch in Philosopherey zu verstricken, zugleich genießt er meine Anhänglichkeit an Lotten, meine Freude, die ich an all ihren Handlungen habe, vermehrt es doch seinen Triumph, sie zu besitzen, er liebt sie darum nur um so mehr. Ob er sie manchmal mit Eifersüchteleien plagt, lasse ich dahingestellt, ich an seinem Platze wäre vor diesem Plageteufel gewiß nicht gefeit.

Dem sei nun wie ihm wolle! Freund, es ist vorbei. Mein Glück, bei Lotten zu sein, ist hin. Ich wußte alles, was ich jetzt weiß, ehe Albert kam. Aber ich selbst, Freund, ich bin nicht mehr der nämliche! Ich bin vom Grund her ausgewechselt, umgestülpt, als wie ein Handschuh außen weiß sein mag, inwendig aber blutend rot. Soll ich es Torheit nennen oder Verblendung? Wußte ich nicht, daß ich keine Prätension auf Lotten mir anmaßen darf? Doch wie sollte ich sie bei so viel Lieblichkeit nicht begehren? Jetzt macht der Hundsfott, der ich geworden, große Fratzenaugen, daß der andere wirklich daherkommt und ihm das Mädchen wegschnappt.

Ich beiße die Zähne zusammen und spotte über mein Elend – nachts aber, wenn an Schlafen nicht zu denken ist, spring ich hügelwärts und heule vor Enttäuschung. Wilhelm, ich bin im Wald umgelaufen! Als es tagte und ich, mehr getrieben als mit Vorsatz, zu Lotten kam und sah Albert bei ihr im Gärtchen unter der Laube sitzen, wußt ich mit eins nicht mehr, was ist Manier und was Gepflogenheit! In der Verwirrung gab ich mich vor den beiden ausgelassen närrisch, fröhlich fing ich Possen an, ungereimtes Zeug, daß Lotte mich zum ersten Male mustert, als sei ich nicht bei Trost.

– Um Gottes willen, sagt sie, als Albert es nicht hört. Keine Szene mehr wie die von heute Morgen! Sie sind ja fürchterlich, wenn Sie so lustig sind.

Ich kann Dir sagen, ich bin heimgeschlichen, beschämt, als hätte sie mit Pferdeäpfeln mich vom Hof vertrieben. O Wilhelm! ich könnte das beste, glücklichste Leben führen, zerstörte ich es nicht mutwillig selbst! Ein Strom von Tränen bricht aus meinem gepreßten Herzen, ich weine trostlos einem finstern Schicksal entgegen. – –

In meinem Elend hat ein Gefährte sich zu mir gesellt, der wohl schon eine Weile um mein Haus geschlichen, letzte Nacht erst aber wagte, sich mir zu zeigen. Der Hund ist es, der schwarze edle Hund, Nero, vom Umherstreifen durch die Wildnis selbst verwildert, zottig, dabei kraftvoll, der wachsam auf der Wiese saß, als habe er gewartet, daß ich heraustrat und, als ich's tat, nicht fortlief. Bei dieser, unserer zweiten Begegnung, näherte ich mich ihm – Du wirst es nachfühlen – um einiges vorsichtiger, hielt ihm die Hand nicht entgegen, deren Narbe mich an unser ungestümes Kennenlernen erinnert, und blieb in einigem Abstand. Nero legte den Kopf schief, wie Menschen es tun, wenn sie sinnen, wie ein Gegenüber zu bewegen wäre, den Argwohn abzutun und Zutrauen zu schenken.

– Du bist mir einer, redete ich ihn an. Entspringst deiner Herrschaft, genießt ungezügelt der Freiheit, als seist du nicht zum Gehorsam erzogen und abgerichtet worden, als hättest du deinem früheren Herrn auf der Jagd nicht treu Gefolgschaft geleistet.

Bei Nennung des Grafen von W. – glaub es, Wilhelm, oder nicht, richtete Nero den Brustkorb auf und stieß ein Heulen himmelwärts, als habe er mich verstanden und müsse die Wehmut über den verlorenen Gebieter aus sich herausschreien.

– Damit nicht genug, sagte ich und setzte Schritt um Schritt, hast du Fridolin, das Zicklein Charlottens, gerissen. Ich sollte ins Haus eilen, die Flinte holen und dir eine Ladung aufbrennen, doch ich tu es nicht, denn mir ist anders ums Herz. Du hast Lotten das Liebste genommen, ihr Spieltier, das sie herzte und koste, so wie auch mir das Liebste genommen ward, Lotte selbst, die ich noch nie kosen durfte, deren Liebesversprechen dem andern gehört, weshalb Raserei in mir wohnt und Irrsinn, weshalb ich mich dir, du Ungezähmter, so nah fühle, daß ich es kaum begreife. Wie du möchte ich den nächtlichen Himmel, den verschleierten Mond anheulen, so abgrundtief ist mein Gram, so nachtschwarz mein Herz.

Der Hund legte sich in die Wiese, als ob er von mir gekrault werden wollte, ich näherte mich vollends, streichelte sein Borstenfell und redete ihm zu. Es dauerte nur Minuten, Wilhelm, und wir waren eins miteinander, als hätten wir seit je als Herr und Hund gelebt. Nero wollte nicht ins Haus, legte sich auf die Schwelle und bewachte meinen Schlaf. Seit er bei mir, Freund, fühle ich mich ruhiger, nicht mehr gehetzt von den Dämonen, die ich selbst erschaffen.

Am 25. Mai.

Du hast recht, Wilhelm: In der Welt ist es selten mit Entweder-Oder getan, die Empfindungen und Handlungsweisen schattieren sich so mannigfaltig, als Abfälle zwischen einer Habichts- und Stumpfnase sind. Du wirst mir also nicht übel nehmen, wenn ich Dir Dein Argument einräume und mich doch zwischen dem Entweder-Oder durchzustehlen suche.

Entweder, sagst Du, hast Du Hoffnung auf Lotten, oder Du hast keine. Gut, im ersten Fall suche sie durchzutreiben, suche die Erfüllung Deiner Wünsche zu umfassen: im anderen Fall ermanne Dich und suche einer elenden Empfindung loszuwerden, die all Deine Kräfte verzehrt. – Bester! Das ist leicht gesagt. Kannst Du von einem Unglücklichen, dessen Leben unter einer Krankheit allmählich abstirbt, der durch eine mysteriöse Verwandlung in ein anderes, schaudervolles Leben hineinwächst, kannst Du von ihm verlangen, er solle durch einen Dolchstoß der Qual ein Ende machen? Raubt das Übel, das seine Kräfte verzehrt, ihm nicht zugleich auch den Mut, sich davon zu befreien?

Zwar könntest Du mir mit einem verwandten Gleichnis antworten: Wer ließe sich nicht lieber den Arm abnehmen, als daß er durch Zaudern und Zagen sein Leben aufs Spiel setzte? – Ich weiß nicht! wir wollen uns nicht in Gleichnissen herumbeißen. Es ist ja nicht nur mein Arm, der befallen ist, sondern meine Seele, mein Wesen, mein Ich verwandelt sich von Stunde zu Stunde, und ich bin verdammt, dabei noch zuzusehen. Ich habe in mir zuweilen so einen Augenblick aufspringenden, abschüttelnden Mutes, und da – wenn ich nur wüßte wohin! – ginge ich wohl von dieser Welt, ginge dem Abgrund zu, wenn ich drunten die Gorgo erwürgen könnte, ihr das schlangenköpfige Haupt abschlagen, sie in dem schwarzen Blut ertränken, mit dem sie mich vergiftet. Was ich fürchte, kann nicht wahr sein, was ich werde, widerspricht jeder bekannten Wirklichkeit.

Ich habe die Ahnung, daß der schwarze Hund ein Sinnbild meiner eigenen Entfremdung von mir selbst ist, daß er zu mir gekommen ist, um mich dieser Entfremdung eingedenk werden zu lassen. So mutet Nero mich wie ein weiser Führer an, dessen uraltes Wissen ein Wissen des Blutes ist, nicht des Geistes, denn geistlos ist oft, was ich letztens unternehme.

Mein Tagebuch, das ich vernachlässiget, fiel mir heut in die Hände, ich erstaunte, wie ich Schritt um Schritt in all das hineingegangen bin! Wie ich meinen sich verschlimmernden Zustand erkannt und doch gehandelt habe wie ein Kind, das nicht sehen *will*, so wie ich auch jetzt klar sehe, doch es keinen Anschein zur Besserung hat. Im Gegenteil, Wilhelm – es steht schlimm um mich.

Ich könnte dankbar und heiter annehmen, was Lottchen,

was auch Albert mir zu geben bereit sind, doch ich will mehr, Wildes will ich, Wollüstiges! Endlich ist es gesagt, was zu umschreiben ich Zeile um Zeile fülle! Ich bin voll des ungestümsten Verlangens nach diesem Mädchen, sie muß, muß mein sein, Freund! und wenn die Vereinigung unseres Fleisches nicht mit Locken und Necken zu erschleichen ist, schrecke ich innerlich selbst vor Gewalt nicht zurück. – Lies es mit Schaudern, Wilhelm, ich denke, ersehne Gewalttätiges, was ich mit dem schönen Kind anstellen wollte, so wie mein Nero es mit Lottens Zicklein trieb, es riß und sich, da mochte Fridolin noch gezuckt haben, über sein zartes Fleisch, sein warmes Blut hermachte.

Da ich dies zu Papier bringe, Freund, sammelt sich Speichel in meinem Mund, ich hör mich knurren und ächzen, meine Augen sind von brennender Klarheit. Mord und Unzucht sind mir keine entfernten Todsünden mehr, ich schwelge in ihnen! Wie lang mag meine Vorstellung noch hinter der Verwirklichung zurückstehen? Bin ich ein Schurke, war mein Charakter seit je vom Übel befallen, das nun hervorbricht?

Das glücklichste Leben könnte ich führen, befinde ich mich äußerlich doch in den schönsten Umständen. Ein Glied der liebenswürdigen Familie im Jagdhaus zu sein, von dem Alten geliebt zu werden wie ein Sohn, von den Kleinen wie ein Bruder, genauso von Lotten! – und dann der ehrliche Albert! In ihm ist kein Falsch, wie mein sich verdunkelnder Kern mir einflüstert; Albert, der durch keine launische Unart das friedliche Miteinander stört, der mich mit herzlicher

Freundschaft umfaßt, dem ich nach Lotten, scheint es, das Liebste auf der Welt bin. Es mutet wie ungetrübte Freude an, wenn wir spazierengehen, uns über Lotten unterhalten, und ist doch nichts Lächerlicheres auf der Welt, als wenn zwei gesunde Männer, statt des Weibes zu genießen, parlierend durch den Forst laufen, sich mit dem Hute befächeln, und von dem schönen Weib schwatzen wie betagte Matronen!

Wenn Albert mir zum Beispiel von Lottens rechtschaffener Mutter erzählt: wie sie auf ihrem Totenbett Charlotten das Haus und die Kinder übergeben, wie seit der Zeit ein ernster Geist Lotten belebt habe, wie sie, in der Sorge für ihre Wirtschaft eine wahre Mutter geworden, wie kein Augenblick ihrer Zeit ohne tätige Liebe, ohne Fürsorge verstrichen, und dennoch ihre Munterkeit, ihr leichter Sinn sie nie dabei verlassen habe. – Währenddessen gehe ich neben Albert und pflücke Blumen am Weg, füge sie sorgfältig zu einem Strauß, werfe sie in den vorüberfließenden Strom und sehe ihnen nach, wie sie leise hinunterwallen. Es ist alles so zum Schreien anständig, so gesittet, als hätten wir uns Mund und Geist und Seele inwendig mit Seife gewaschen, als wäre der Friede dieses Idylls nicht durch einen Prankenhieb abzutun und das Chaos regierte, wie es soll!

Habe ich Dir geschrieben, Freund, daß Albert hierbleiben und ein Amt mit einem artigen Auskommen vom Hofe erhalten wird, wo er sehr beliebt ist. In Ordnung und Emsigkeit in Geschäften habe ich wenige seinesgleichen gesehen. Und Lotten scheint seine Bravheit noch zu gefallen!

Am 28. Mai.

Diese Nacht hat sich mir offenbart, was Du nicht glauben magst, wie ich selbst es nimmer glauben will. Es begann mit einem Tag, den ich harmlos, doch angespannt umschreiben will, ich hatte eine Szene mit Albert, da ich kam, um Abschied zu nehmen. In meiner Verzweiflung sehe ich nur die Ausflucht, ins Gebirge zu reiten, loskommen muß ich von der peinigenden Anständigkeit dieser freundlichen Menschen. Wie ich in der Stube auf und ab gehe, fallen mir Alberts Pistolen in die Augen.

– Borge mir die Pistole, sagte ich, zu meiner Reise.

– Meinetwegen, sagte er, wenn du dir die Mühe nehmen willst, sie zu laden; bei mir hängen sie nur pro forma.

Ich nahm eine herunter. Er fuhr fort: Seit mir meine Vorsicht einen so unartigen Streich gespielt hat, mag ich mit dem Zeug nichts mehr zu tun haben. Ich war neugierig, die Geschichte zu wissen.

– Ich hielt mich, erzählte er, auf dem Land bei einem Freunde auf, hatte ein paar Kurzgewehre ungeladen dabei und schlief ruhig. Einmal an einem regnichten Nachmittag, da ich müßig sitze, weiß ich nicht, was mir einfällt:

wir könnten überfallen werden, dachte ich, drum gab ich die Gewehre meinem Bedienten, sie zu putzen und zu laden. Der will eine Magd damit erschrecken, und Gott weiß wie, das Ding geht los, da der Ladstock noch drinsteckt, und schießt den Ladstock dem Mädchen in die rechte Hand und zerschlägt ihr den Daumen. Da hatte ich das Lamentieren und die Kur zu zahlen obendrein. Seit der Zeit laß ich alles Gewehr ungeladen.

Ach, Wilhelm, was ist Vorsicht? Nach Alberts Vortrag reizte mich die Gefahr, ich verfiel in Grillen, und mit einer auffahrenden Gebärde drückte ich mir die Mündung der Pistole übers rechte Auge an die Stirn.

– Pfui! sagte Albert, indem er die Pistole herabzog, was soll das?

– Sie ist nicht geladen, sagte ich.

– Und auch so, was soll's? versetzt er ungeduldig. Ich kann mir nicht vorstellen, wie ein Mensch so töricht sein kann, sich zu erschießen; der bloße Gedanke erregt mir Widerwillen.

– Daß ihr Bürger, rief ich aus, wenn ihr von einer Sache redet, stets sprechen müßt: das ist töricht, das ist klug, das ist gut, das böse! Habt ihr denn die innere Auslösung einer Handlung dabei erforscht? wißt ihr mit Bestimmtheit die Ursache, warum sie geschah, warum sie geschehen mußte? Ich redete mich in eine mir gleichwohl unverständliche Wut. – Hättet ihr das, rief ich, ihr würdet nicht so eilfertig mit euren Urteilen sein!

– Du wirst mir zugeben, sagte Albert, daß gewisse Handlungen lasterhaft bleiben, aus welchem Beweggrunde sie auch geschehen mögen.

Ich zuckte die Achseln. – Doch, mein Lieber, fuhr ich fort, finden sich Ausnahmen. Es ist wahr, Diebstahl ist ein Laster, doch der Mensch, der sich und die Seinen vom Hungertode retten will und auf Raub ausgeht, verdient der Mitleid oder Strafe? Wer hebt den ersten Stein gegen den Ehemann, der im gerechten Zorn sein untreues Weib aufopfert? gegen das Mädchen, den Jüngling, die in einer wonnevollen Stunde sich in den unaufhaltsamen Freuden der Liebe verlieren? Bei diesem Satz, Wilhelm, sah ich Albert mit Ingrimm ins Auge, ob er erraten möchte, von welchem Mädchen, welchem innerlich siedenden jungen Mann ich spräche.

– Das ist was anders, versetzt er, weil ein Mensch, den seine Leidenschaften hinreißen, alle Besinnungskraft verliert und als Trunkener, als Wahnsinniger angesehen wird.

Verliert, verlieren will, verlieren muß! dachte ich, Leidenschaft, Trunkenheit, sind es nicht Schlupflöcher in den herrlichsten, übermenschlichsten Wahnsinn? – Ach ihr vernünftigen Leute! rief ich statt dessen, ihr steht gelassen, ganz ohne Teilnehmung da, ihr sittlichen Menschen scheltet den Trinker, verabscheut den Unsinnigen, geht vorbei wie der Pfaffe und dankt Gott wie der Pharisäer, daß er euch nicht gemacht hat wie einen von diesen.

Daß er euch nicht gemacht hat wie *mich*, dachte ich insgeheim. Ich bin all das, was du verachtest, teurer Albert, bin es geworden unter euren Augen, die ihr in mir immer noch den jungen Mann von Stand, den Edelmann mit hoher Bildung erblickt und die Fratze dahinter nicht erkennt.

– Ich bin mehr als einmal trunken gewesen, sagte ich, um ihm mein Charakterbild vorsichtig zu offenbaren. Meine Leidenschaften waren nie weit vom Wahnsinn, und beides reut mich nicht: ich habe begreifen lernen, warum man alle außerordentlichen Menschen, die etwas Großes, etwas Unmöglichscheinendes wirkten, von jeher für Trunkene und Wahnsinnige ausschreien mußte.

Wollte ich das Fieber meiner Verwandlung gar verherrlichen, veredeln, indem ich mich zu einem Großen, Außerordentlichen stilisierte, der ich nicht bin? Im Gegenteil, nicht hohes Menschentum regiert in mir, sondern das niedrigste Tier, mit ihm aber auch eine Kraft und Urgewalt, die durch Vernunft nicht zu besiegen ist, von der alle Bürgermoral zernichtet werden muß.

– Das sind nun wieder von deinen Grillen, sagte Albert ungerührt, du überspannst alles, und hast wenigstens hier unrecht, daß du den Selbstmord mit großen Handlungen vergleichst: da man es doch für nichts anderes als Schwäche halten kann. Freilich ist es leichter, zu sterben, als ein qualvolles Leben standhaft zu ertragen.

Ich war im Begriff abzubrechen, zu sehr ergrimmte mich seine laue Selbstgerechtigkeit. Dieser soll Lotten haben! dachte ich, und ein innerliches Fletschen und Geifern befiel mich.

– Laß uns ergründen, ob wir uns vorstellen können, sagte ich schließlich, wie einem Menschen zumute ist, der sich entschließt, die sonst angenehme Bürde des Lebens abzuwerfen. Die menschliche Natur hat ihre Grenzen, sie kann Freude, Leid, Schmerz bis auf einen gewissen Grad ertragen und geht zugrunde, sobald der überstiegen ist. Hier ist nicht die Frage, ob einer schwach oder stark ist, sondern ob er das Maß seines Leidens ausdauern kann oder sich in tiefer Erkenntnis des Unmöglichen ihm lieber entzieht.

– Paradox, sehr paradox! rief Albert aus.

– Im Gegenteil! Mir fiel das Beispiel von dem Mädchen bei, das man vor weniger Zeit tot aus dem Wasser gezogen, ein junges Geschöpf, das im engen Kreis häuslicher Beschäftigung herangewachsen war, weiter keine Aussicht von Vergnügen kannte, als etwa sonntags mit ihresgleichen spazierenzugehen, vielleicht alle hohen Feste einmal zu tanzen, und manche Stunde über den Anlaß eines Gezänkes mit einer Nachbarin zu verplaudern. Deren feurige Natur fühlt nun innigere Bedürfnisse, die durch die Schmeicheleien der Männer vermehrt werden, ihre vorigen Freuden werden ihr nach und nach unschmackhaft, bis sie endlich einen Menschen trifft, zu dem ein unbekanntes Gefühl sie unwiderstehlich hinreißt, auf den sie all ihre Hoffnungen wirft, die Welt rings um sich vergißt, nichts hört, nichts sieht, nichts fühlt als ihn, sich nur sehnt nach ihm, dem Einzigen. Ich sah, während ich's sagte, nach Albert hin, ob das Gleichnis eine Saite des Verstehens in ihm anschlage, doch der unheilbar brave Mensch nickte vernünftig, als ob ich vom Allgemeinsten fabulierte.

– Sie will die Seinige werden, führte ich mein Exempel

fort, will all das Glück antreffen, das ihr mangelt, die Vereinigung aller Freuden genießen. Wiederholtes Versprechen, kühne Liebkosungen, die ihre Begierden vermehren, umfangen ganz ihre Seele, sie schwebt in einem dumpfen Vorgefühl aller Freuden, ist bis auf den höchsten Grad gespannt, streckt ihre Arme aus – und der Geliebte verläßt sie. Erstarrt, ohne Sinne, steht sie vor einem Abgrund; alles ist Finsternis um sie her, keine Aussicht, kein Trost, keine Ahnung! denn der hat sie verlassen, in dem sie allein ihr Dasein fühlte.

Ich kann dir sagen, Wilhelm, mir selbst zuhörend, überkam mich das widerlichste Selbstmitleid, das ich, unmannhaft, an mir sonst nicht kenne, das mir aber nichtsdestoweniger das Naß ins Auge trieb. – Das Mädchen, fuhr ich tränenerstickt fort, sieht nicht die weite Welt, die vor ihr liegt, nicht die vielen, die ihr den Verlust ersetzen könnten, sie fühlt sich verlassen von allen, und blind, in die Enge gepreßt von der entsetzlichen Not ihres Herzens, wirft sie sich hinunter, um in einem rings umfangenden Tode ihre Qualen zu ersticken.

Damit stürzte ich auf Albert zu, der nicht begriff, wie ihm geschah. – Manchmal findet die Natur keinen Ausweg aus dem Labyrinth der verworrenen, sich widersprechenden Kräfte, schrie ich und wünschte, er möge in mich hineinsehen! – Dann muß der Mensch, dann muß er sterben! Mit diesem Wort riß ich die Pistole an mich, sagte Albert den flüchtigsten Abschiedsgruß und stürzte aus dem Haus. – –

Nachdem ich meinen Zwiespalt, zwar gleichnishaft verschleiert, offenbart und, bis ins Tiefste aufgewühlt, ins Gebirge geritten war, wobei ich Nero mitführte, erreichte ich die Hütte, in der ich früher schon genächtiget, und von der aus ich Dir nun schreibe. Ein gutes Feuer, die Augen des klugen Hundes, ein Pfeifchen zur Nacht, so wurde ich wieder Herr meiner Sinne und gewann, ins Freie tretend und zum Himmel aufschauend, den Eindruck, daß die Natur die einzige, wahre Heilerin aller Seelennot ist. Was wir nämlich, eingeengt durch Mauern und angelerntes Verhalten, zuweilen für ein unüberwindliches Hindernis halten, wandelt sich im Freien, im Urwüchsigen, zu einem Zwergenwesen, das sich kichernd im Dunklen verliert. Ich atmete frei, atmete auf, da ich dem Bannkreis dieser guten Menschen, dem Zauberbann Lottchens entflohen. Im Gebirge, beschloß ich, wollte ich so lange bleiben, bis der Dämon ausgetrieben sein würde und ich, wenn nicht als der Alte, so als ein Neuer zu den Menschen zurückkehren könnte.

Ich legte mich früh aufs Lager, schloß nicht gleich die Augen, da die Gebilde, die das Feuer an Wand und Decke zuckte, mich wach hinträumen ließen, mir ward wohl ums Herz. Ich muß darüber eingeschlafen sein, nahm ich als Nächstes doch wahr, daß Nero ans Bett kam und mich aufforderte, ihm zu folgen.

Ich mag die Grille nicht so weit treiben, als zu behaupten, der Hund sprach zu mir, doch in jenem Zustand – war's Halbwachen oder schon Schlaf? hörte ich das Tier sagen, ich möge mich erheben. Ich schlug die Decke zurück, stand auf, stieg in die Stiefel und ging mit Nero hinaus. Die Nacht war erfüllt von Glühwürmchenzucken, von leichtem Wind und dem Himmelszelt darüber; froh, das zu schauen, wollte ich mein Fell holen und im Freien nächtigen, doch der Hund packte meinen Ärmel und zog mich weiter. Während ich ihm nachsprang, hörte ich im Verschlag mein Pferd mit den Hufen scharren. Wir tauchten in den stockfinstern Wald, ich stolperte über Wurzelgeflecht, Dornen rissen mir die Hände, doch fiel ich nicht hin, noch zauderte ich, Nero zu folgen.

Ich hatte nie von einem Schloss im Gebirge gehört, nicht einmal von einer Ruine. Das Tier aber führte mich zielsicher zu einem Gemäuer, in dessen Fenstern Licht schimmerte, dessen Tor offenstand. Während ich darauf zu schritt, gewahrte ich einen schwarzglitzernden Wassergraben, der einzig über die herabgelassene Zugbrücke zu überwinden war. In die mittelalterliche Szenerie eingehend, schmunzelte ich, wie Du es beim Lesen tun magst – entführen wir uns im Traum doch gern in Welten, die mit wachem Auge niemals aufzusuchen wären, sind sie ja längst im Dämmer der Geschichte versunken.

Ich ging in das Traumschloß hinein, das mit allem aufwartete, was des Träumenden Seele entwirft, einem gepflasterten Innenhof, bezinnten Mauern und einer breiten Treppe, die mich auf Neros Fährte in den Rittersaal führte. In das weite Gemach tretend, das trotz Kerzenscheins düster anmutete, wurde ich eines bestimmten Bildes eingedenk: das Gemälde war's, das ich in der Halle des Grafen von W. gesehen, auf dem der Würdige mit seinem Jagdhund abgebildet ist. Während ich stehen blieb, lief Nero auf die andere Seite und legte sich zu Füßen einer Person nieder, in der ich ohne Zweifel den Grafen wiedererkannte, den Freund, der seit mehr als einem Jahr unter der Erde lag. Er, der mir gegenübertrat, lebte aber, die Verwandlung des Todes hatte an ihm nicht stattgehabt, er schien blühender als in seinen letzten Jahren, zugleich strenger, ernster. Als Schloßherr deutete er mir mit knapper Bewegung, näherzukommen.

– Ich will dich erlösen, sprach er, was eine merkwürdige Anrede war, doch im Traum erscheint uns das Unnatürliche klar, und das Normale verliert seine gewohnte Existenz.

– Du quälst dich mit vielen Fragen, fuhr Graf von W. fort, dabei gibt es eine Antwort auf alle. Du wurdest erwählt vom Dämonenwolf und sollst bald der Unseren einer werden.

Bei diesen Worten kam Nero hoch und reckte den struppigen Rücken. Der Graf strich durch sein Fell, Hund und Gebieter sahen mich an; doch stand ich unter dem Eindruck, das Verhältnis sei umgekehrt: nicht der Graf, der Hund herrsche in diesen Mauern.

– Der Biss des Dämonenwolfes ist kein Fluch, sagte Graf von W., wie dein Blut dir vorgaukeln will. Dein Inneres bäumt sich gegen die Metamorphose auf, doch sie besiegelt nur dein ärmliches Erdendasein, das du abstreifst, um in ein Neues aufzubrechen.

Ich wußte nichts zu erwidern, wie wir im Traum oft schweigen, während der Alb uns mit Gaukelei unterhält.

– Schau hinauf, fuhr der Graf fort, der Mond ist jung.

Und wirklich, als ich den Kopf hob, gab es kein steinern Gewölbe über mir, die Mauern öffneten sich in den freien Himmel. Der Mond war schmal, als scharfe Sichel zeigte er sein Antlitz.

– Wenn er zum dritten Mal voll geworden, wirst du dich wandeln, sagte Graf W., das ist der Zeitpunkt, wenn wir dich aufnehmen werden; von dann sind die Grenzen menschlichen Daseins für dich ohne Bedeutung. Du wirst Kraft, Weisheit und das Wesen des Dämonenwolfes in dir spüren, wirst dich über den Tod erheben und wandeln, wirst mit den uralten Kräften des Tieres das junge Vernunfttier *Mensch* beherrschen, das sich zum Gott aufschwingen will, obwohl ihm die Wurzel zum Wesentlichen, zur allgewaltigen Natur, abhanden gekommen ist.

Was der Graf sagte, ängstete mich nicht, stimmte mich vielmehr froh, hatte ich doch geahnt, der wahre Lehrmeister des Menschen sei nicht der Gelehrte, nicht Homer oder Aegist vermöchten uns beizubringen, wie man leben soll, sondern die Natur, einzig sie kann unsere Augen öffnen.

– Wie soll das geschehen? fragte ich.

– Deine Seele ist im Umbruch begriffen. Als Nächstes wird dein Geist folgen, und der Körper ist ihnen beiden untertan.

– Sagt mir aber die genaue Natur jener Verwandlung, wollte ich dreinfahren. Da knurrte Nero, und ehe ich mich's versah, sprang er mich an. Von seinem Gewicht wurde ich rückwärts geworfen, stürzte auf den Stein, spürte, roch das warme, dichte Fell, den lebensvollen Odem und verlor die Besinnung.

Ich erwachte – Du ahnst es, Wilhelm – auf meiner Bettstatt in der Hütte, das Bärenfell war mir übers Gesicht gerutscht, daß ich kaum Atem bekam. Ich schlug es beiseite, sprang auf, draußen war der herrlichste Tag.

Am 4. Juni.

Tage und Nächte sind vorbeigezogen, ohne daß sich Ähnliches wiederholte. Nero ist ein verständiger Hund, der mir kaum von der Seite geht, doch mehr gewiß nicht. Ich kann behaupten, daß ich mich im Ganzen besser befinde, die eindrückliche Landschaft tut ihre Wirkung. Ich ertappe mich beim Gedanken, unter die Menschen zurückzukehren – weil man sich ja im Schönsten, im Heitersten auf Dauer nicht wohlfühlen mag. Mein Vorsatz, Lotten erst entgegenzutreten, wenn die wilde Jagd überspannter Gefühle in mir besiegt ist und ich die Wirklichkeit gelassen schaue, bröckelt. Sie wird sein Weib, so lautet der Urteilsspruch des Zukünftigen, ich beginne in dieser Erkenntnis zu leben.

Aber, was ist das, Wilhelm! das warme Gefühl meines Herzens für das Urwüchsige wird, während die Tage hingehen, zum Peiniger, der mich auf allen Wegen verfolgt. Obgleich ich vom Fels über den Fluß das tiefe Tal überschaue und alles um mich her quellen sehe, obschon mich die Berge wie gute Kameraden umstehen und mir ihre waldbewachsenen Flanken zuwenden, auch wenn der sanfte Abendwind am Himmel herüberwiegt, wenn ich die Vögel um mich den

Wald beleben höre und Millionen Mückenschwärme im letzten roten Strahl der Sonne mutig tanzen, wenn sich der Käfer aus dem Gras befreit, mich auf das Schwirren und Weben auf dem Boden aufmerksam zu machen, genügt das meinem glühenden Herzen nicht länger. Es sehnt sich nicht mehr nach lebensvoller Natur, nein! zum Absterbenden, Modrigen, zum Verfallenden will es hin, mit dem der Tod sich des Lebendigen bemächtigt.

Dem Kadaver des Rehs gehört meine Begeisterung, den ich auf felsigem Abbruch finde, wo sich Verwesung in das hineinfrißt, was vor kurzem noch Ausdruck des Schönen war. Leben ist Sterben, heißt es; daß es so ist, riechen wir, sehen es am Quälgeist des Borkenkäfers, der den gesunden Baum von innen zernichtet, seine Lebenskanäle abschneidet, sterbend muß der Riese stehen, bis der nächste Sturm ihn knickt. Im Erwachenden such ich das Todgeweihte, das Faulige im Sprießenden, die wollüstige Unsauberkeit, die Ausscheidung, den exkretorischen Atemhauch, der uns selbst, unsern stetig verfallenden Körper durchweht. Der Körper, Freund, ist wuchernde Gestalt von etwas Gedunsenem, welches man Fleisch nennt, ist dampfend, klebrig in Unreinheit und Makelhaftigkeit.

Als hätte ich einen neuen Sinn erhalten, seh und fühle und schmecke ich in allem Lebendigem das Tote, gebe mich ihm hin und habe mich – lies es mit Schrecken! im Kadaver jenes Rehes gewälzt, mein Gesicht in seinen Innereien gesuhlt, bis ich, über und über beschmutzt, röhrend zur Hütte zurückkehrte. Dahin sind die Freuden, als ich mich am Geist des

Ewigschaffenden berauschte, an jedem Staub, in dem es lebt und kreucht. Wie viele Stunden konnte ich mich an den Schwingen eines majestätisch kreisenden Raubvogels ergötzen, konnte aus dem schäumenden Becher jeder Lebendigkeit schwellende Lebenswonne trinken – dahin, vorbei!

Es hat sich vor meiner Seele ein Vorhang weggezogen, der Schauplatz des unendlichen Lebens wandelt sich in den Abgrund des ewig offenen Grabes. Kannst du denn sagen: *Das ist!* da alles vorübergeht? Da ist kein Augenblick, in dem ich selbst nicht ein Zerstörer bin: ein harmloser Spaziergang kostet hundert Würmern das Leben, ein Fußtritt zerrüttet das mühselige Gebäude der Ameisen. Ein Zerstörer, erschlag ich die summende Hummel auf meinem Hemd, trete die Raupe tot, werde zum Raubtier, das nicht tötet sich zu nähren, nur seine Lust anstachelt, weil es ihm Macht über anderes Leben gibt.

Ich weiß nicht mit Bestimmtheit, was ich in gewachten Nächten, verträumten Tagen im Gebirge alles vollführt und angestellt. Riß ich wirklich einen Fisch aus dem Bachbett, indem ich mich mit aufgerissenem Mund ins Wasser stürzte? Haschte ich den Vogel im Flug, zog ich die Lerche springend herab und verschlang das Tier samt dem Gefieder? Folgte ich der Fährte des schnellsten Wildes, stellte und packte ich es, fraß es auf, da es noch lebte, war ich derjenige, der das Reh in jenen Zustand versetzte, in dem sich nach mir die Maden an ihm gütlich taten? Ich weiß es nicht, Bruder, weiß nur, die Natur vollführt an mir ein grausiges Schauspiel, geängstiget taumle ich über die Erde und bin nichts als ein ewig verschlingendes, ewig wiederkäuendes Ungeheuer.

Umsonst streck ich nach ihr die Arme aus, wenn ich aus schwerem Traum hochdämmere, suche vergebens nach ihr nachts in meinem Bett oder im Wald, wenn mich ein unzüchtiger Traum getäuscht hat, wenn ich sie nackt neben mir wähnte und mit tausend Küssen bedeckte, wenn meine Zunge ihr ein Schaudern nach dem andern durch den Körper jagte. Wenn ich, noch halb im Taumel des Trugbilds, nach ihr tappe und nichts finde, bricht kein Strom von Tränen aus meinem Herzen, wie es früher wohl geschehen wäre, unbändiges Heulen, das Gejaul des Wolfes schicke ich himmelwärts und heule trostlos in die Finsternis.

Darum bin ich entschlossen. Morgen schon will ich aufsatteln und zu ihr zurückreiten, Wilhelm, zurück in mein Unglück, zurück zu Lottchen!

Am 6. Juni.

Ich fühl's an ihr, daß sie mich ungern verlöre.

Heute, vom Gebirg zurückgekehrt, ging ich zum Jagdhaus hin, unter dem Vorwand, wie jüngst versprochen, Lottens Klavier zu stimmen. Ich kam nicht dazu, da die Kleinen mich um ein Märchen verfolgten, und Lotte, die mich mit unverstellter Freude begrüßt, sagte selbst, ich soll ihnen den Willen tun. Während ich das Abendbrot schnitt, das sie fast so gern von mir als von der Schwester nehmen, während ich hinter gesenkten Wimpern beobachtete, wie Lottchen mich mit züchtigem Lächeln ansah, erzählte ich den Kleinen das Hauptstück von der Prinzessin, die drei Verehrer aussendet, drei Rätsel für sie zu lösen. In meiner Auslegung eine grausame Königstochter, die zwei der Prinzen in den sicheren Tod schickt. Ich fabulierte, mit dem Rücken zu Lotte gewandt, der dies in Wahrheit galt, wie die Prinzessin, obwohl sie in ihrem Herzen den Abgesandten des ärmsten Königreichs, einen hochfahrenden Burschen erwählt hat, zum Schein die wohlbestallten Königssöhne vorzieht, und ließ nicht wenig Spott über die Prinzessin in meine Worte fließen. Indes, solche Nuancen entgingen den Kindern. Ich war erstaunt, was auf sie Eindruck machte, und lernte viel dabei: Weil ich manchmal einen Inzidentpunkt erfinden mußte, den ich beim zweiten Mal vergessen, sagten sie gleich, das vorige Mal wär es anders gewesen, so daß ich mich darin übte, mein Märchen unveränderlich an einem Schnürchen weg zu rezitieren. Nachdem ich das grause Ende der Prinzessin ein drittes Mal gebracht, beendete Lotte die Gruselstunde und schickte die Kleinsten zu Bett. Die Kinder jauchzten, daß ich gleich morgen wiederkommen möge, und den Morgen drauf und so immer fort.

Danach waren wir, seit wie langer Zeit! zum ersten Mal zu zweit. Wilhelm, Du magst ermessen, was es bedeutet, ihr ohne Alberts Anwesenheit nah zu sein. Zwar hockt der Vater im Hintergrund, stochert im Feuer, räuspert sich und läßt sich ein zweites Fläschchen kommen, wir aber sitzen dicht an dicht und Lotte wird nicht müde, meine Schilderung aus der Gebirgswelt zu hören.

Ich lese in ihren schwarzen Augen wahre Teilnehmung an mir und meinem Schicksal – nein, ich betrüge mich nicht! fühle, und darin darf ich meinem Herzen trauen, daß sie – o darf ich? kann ich den Himmel in diesen Worten aussprechen? – daß sie mich liebt! daß ihr Alberten gegebenes Versprechen mehr Bürde als Neigung bedeutet. Mich liebt! – tausendmal könnt ich es dem Papier anvertrauen – mich, mich liebt!

Und wie wert ich mir selbst mit eins werde, nachdem ich die längste Zeit mich der Selbstzerfleischung, der Selbsterniedrigung hingegeben, wie ich – Dir darf ich's sagen, Du hast Sinn für so etwas – wie ich mich nun selbst anbete, da ich ahne, hoffe, daß sie mich liebt! Ist das Vermessenheit oder die gefühlte Einsicht in unser wahres, tiefinnerliches Verhältnis? Wenn sie nämlich dann von ihrem Bräutigam spricht, mit solcher Wärme, solcher Liebe von ihm spricht, stürzt sie mich erneut in taumelnde Zweifel, mir ist's wie einem, der aller Ehre und Würden entsetzt und dem der Degen genommen wird.

Aber ach! wie's mir durch alle Adern läuft, wenn mein Finger unversehens den ihrigen berührt, wenn unsere Füße sich unter dem Tisch begegnen! Ich zucke zurück wie vom Feuer, eine geheime Kraft zieht mich wieder vorwärts, bis es erneut geschieht – mir wird's schwindlig vor allen Sinnen. Dabei bin ich nicht sicher, ob ihre Unschuld, ihre unbefangne Seele fühlt, wie sehr mich die kleinen Vertraulichkeiten peinigen: sie muß es fühlen, Wilhelm, ist kein Kind mehr, spürt gewiß, daß sie im Begriff ist, Türen aufzustoßen, hinter denen Abgründe lauern.

Wenn sie so im Gespräch ihre Hand auf die meinige legt und scheinbar im Interesse der Unterredung näher zu mir rückt, daß der himmlische Atem ihres Mundes meine Lippen erreicht, glaube ich zu versinken, wie vom Wetter gerührt! Bin kurz davor zuzupacken, wie ich das Reh gepackt, gerissen, zugleich ängstige ich mich davor, daß, wenn ich mich jemals unterstehe, dies himmlische Vertrauen zu mißbrauchen! – Du verstehst mich, nein, mein Herz ist so verderbt nicht, hundertmal mag mir die düstere Prophezeiung des Grafen zu Sinn kommen, glaub ich es doch nicht, weiß, daß ich stark sein, Lotten nicht enttäuschen werde, so verderbt bin ich noch lange nicht, nur schwach! schwach genug, es zu wünschen, wild zu ersehnen. Ist das der Verderbtheit nicht genug?

Sie ist mir heilig. Alle Begier heiße ich in ihrer Gegenwart schweigen, und kann doch nie vorhersehen, wie mir wird, wenn ich bei ihr. Unter der Oberfläche unserer Höflichkeiten lauert's, will hervorbrechen, als wenn meine wahre Seele sich mir in allen Nerven umkehren wollte. In mir sitzt ihr ein junger Mann gegenüber, zugleich sitzt da die Bestie, ich kann sie fletschen hören, rieche die Pestilenz ihres wollüstigen Atems. Dann jedoch – es wird Dich staunen machen – geschieht das Wunder, das mit dem ungestimmten Klavier einhergeht. Lotte hat eine Melodie, die sie auf dem Klaviere spielt, mit der Kraft eines Engels, so simpel und geistvoll. Es ist ihr Leiblied, und mich befreit es, heilt mich von aller Pein und Verwirrung, von allem tierischen Wahn, wenn sie nur die erste Note davon greift. Das Wort von der angeblichen Zauberkraft der Musik ist mir begreiflich, wenn ich das vernehme, Freund! das ist reine Magie, die das Gute, Lichte in mir zum Klingen bringt. Lottchen, wie sie sitzt, behutsam die Tasten bedienet, wie ihre zarte Stimme den Raum erfüllt, daß selbst der Vater in der Ecke mit dem Schürhaken den Takt dazu klopft. Jetzt, zu Zeiten, wo ich nicht mehr weiß, wer, was, welches Unwesen ich bin, versteht sie, ihr Liedchen anzubringen und, da der Engel singt, liebster Bruder, zerstreut sich die Irrung und Finsternis meiner Seele, und ich atme in selbiger Minute frei. – –

Eins noch, ein Unwichtiges. Deine Idee will nicht die meinige werden, bester Freund: daß ich mit dem Gesandten nach * * * gehen soll. Ich ertrage die Subordination nicht mehr und fasse es nicht, wieso ich mich je dazu bereit gefunden. Mein Sinn ist anderswo hingewandert, Wilhelm, in Diensten kann ich nicht stehen, in niemandes Diensten als in der Unterordnung des Gesetzes, das Lottchen errichtet. Du willst mich in Aktivität sehen, sagst Du, das hat mich lachen gemacht. Bin ich nicht jetzt auch aktiv, zehntausendmal aktiver? Ist's im Grund nicht erbärmlich, wie man für ein Amt, für Geld oder Ehre Erbsen zählen muß? Alles in der gesitteten Welt läuft auf eine Lumperei hinaus, und ein Mensch, der sich um eines Amtes willen für Vorgesetzte abarbeitet, ohne daß es seine eigene Leidenschaft, sein eigenes Bedürfnis ist, der ist doch der lächerlichste Tor.

Am 8. Juni.

Das war eine Nacht! Ich strich durch die Finsternis – und war es doch nicht! Ein anderer muß es gewesen sein, außer mir, von mir abgetrennt. Aber höre.

Vor dem Schlafengehen ward mir düster vor Augen, etwas faßte mich an die Gurgel wie Meuchelmörder, mein Herz suchte in wilden Schlägen den bedrängten Sinnen Luft zu machen – Wilhelm! ich wußte nicht mehr, ob ich auf der Welt bin! Recke mich, fletsche, röhre, sinke zu Boden, auf vieren kriech ich durch mein Schlafgemach. Schmerzen durchjagen mich, wie der erbarmungswürdigste Sebastian sie nicht durchlitten, Feuerzungen in allen Gelenken, es streckt mich, ich schrumpfe zugleich, das knackt, als ob es brechen will. Mein Schädel wird lang und länger, ich halte mir die Hand vor Augen, die ich wachsen sehe, Klauen entsprießen ihr, Borsten wachsen, wie ich sie nach meinem Hundebiß mehrfach abgeschnitten, ein Fell wächst, hinterm Nagel beginnend, über die Hand, den Unterarm hoch. So weit ich mein Hemd auch aufreiße, schwarze Wolle! Glaub mir's, pechschwarz war dies Fell, in dem ich steckte, ein Wolfspelz, Wilhelm! Dabei hört das Brechen und Biegen und aus sich Herauswollen nicht auf, einzeln fühl ich die Wirbel springen, den Rücken sich runden, die Schultern verzerrt, die Beine geschrumpft, das Becken geschmälert, daß meine Beinkleider, nachdem ich sie erst hinterhergeschleift, abfallen, wie von einem, dem sie nimmermehr passen werden. In dem elendigen Aufruhr, der Schmerzenszerstörung, seh ich hilfesuchend zu meinem Hunde hin, der am Feuer liegt, nicht auffährt, die Tollheit nicht mit Sprüngen und Gebell begleitet, liegenbleibt, seine weisen Augen auf mich gerichtet, voll Nachsicht, so scheint mir, weil ich schreckliches Wehklagen anstimme.

– Hilf, Nero! schrei ich den Hund an, als wäre er wahrhaftig der Dämonenwolf, das Zauberwesen, dessen Existenz ich bis heute verleugnet. – Hilf, rette mich!

Der Schwarze legt seufzend die Schnauze auf seine Pfoten und läßt den Urgewalten, die in mir, seinen Lauf. Mit eins ist es vollendet, spüre ich doch, ich bin der Nämliche, aber in neuer Gestalt. Mein Selbst ist Tier, mein Geist heißt Trieb, meine Wünsche, Hoffnungen, selbst die Erinnerungen sind die des Tieres. Von jetzt an gebietet der Instinkt, und ich folge ihm ins Freie. Heule verzückt den sich füllenden Mond an, mache mich auf: Witterung gebietet die Richtung, ich kann Dir sagen, nie war eines Menschen Witterung so geschärft. Müßte ich meine neuen, tierischen Sinne benennen, wüßte ich sie nicht anders als übersinnlich zu bezeichnen. Wie mein Auge selbst die tiefste Finsternis mühelos durchdringt! meinem Ohr alles Kreuchen rundum, in der Luft, selbst im Waldboden nicht entgeht, wie ein ferner Geruch mich veranlaßt, mit noch größeren, gewaltigeren Sprüngen vorwärtszusetzen!

Ihr Geruch ist es, Lottens, die milchige Süße ihres Halses, wo er in den Nacken übergeht und der zarte Flaum ihrer Härchen beginnt. Ich wittre es, Wilhelm! als säße das schöne Kind neben mir, es lockt mich, reißt mich voran. Wie ich springe! Nie hast Du ein Wesen, das sich sonst auf zwei Beinen bewegt, solche Sätze auf allen vieren machen sehen: dem Geparden, dem Leu, selbst dem Tiger bin ich überlegen, ich, Wolfsblut in mir fühlend! Ich heule und fletsche und setze hechelnd durch den Tann, überspringe Felsen, Abgründe, in die der Geschickteste, Stärkste unweigerlich abgestürzt, wollte er sie mit Menschenkräften bezwingen. Ich aber – Freund, beneide mich! ich bin ja außer mir, verwandelt, erhöht in Lust und Kraft, und mag ich auch die Ausgeburt eines höllischen Geistes sein, mich schreckt's nicht, mich hält nichts mehr auf, heute Nacht – so giert es in mir! heut Nacht muß Lotte mein sein, ob als Kind, als Weib, als Beute, ob ich sie als Geliebte unter mich beugen werde oder als blutig zuckendes Fleisch – einerlei. Ich hetze voran, daß ich das Jagdhaus in Minuten nur erreiche, während ich sonst drei Viertel einer Stunde brauche.

Vor dem vertrauten Tor halte ich, die glühenden Augen zucken hoch, dort die Zimmer der Kinder, darunter die Knechtkammer, zur Linken die Räume, die der alte Mann bewohnt, daneben Alberts Zimmer. Ihr Gemach aber, sei's aus Schicklichkeit oder Zufall, ist Alberts Räumen entgegengesetzt, das Zimmer mit dem Balkon, Schnitzwerk im Giebel. Ich fühl die Stärke, Lottens Balkon, obzwar fünf Meter überm Boden, mit einem Satz zu erreichen, doch neben der Gier nach dem kindlichen Weibe ist eine andere Lust in mir, die Sehnsucht nach Kampf! Du weißt, Wilhelm, Knallerei und Abstecherei, männliche Grillen um das Kriegspielen hab ich nie als meine betrachtet. Ich verabscheue das Totschießen, wo sich's vermeiden läßt, und kein Unterschied zwischen Menschen und Völkern kann so groß sein, daß ich mich bereit fände, zur Muskete zu greifen und auf meinen Bruder zu schießen. Jetzt aber, im Augenblick wildesten Entzückens, kenne ich die noble Einsicht nicht, jede Zurückhaltung ist aufgehoben. Ich will Kampf und Sieg, will den Gegner unter mir sich wehren, bluten, leiden sehn, endgültig sei es nun ausgemacht, wer der Überlegene ist, nicht durch anerzogene Maßstäbe, nur durch das Gesetz einer alles bezwingenden Stärke.

Ich selbst bin diese Kraft, Wilhelm, fühl sie in mir, anwenden muß ich sie sogleich. So springe ich nicht unter Lottens Fenster, sondern zu denen Alberts hin und erhebe das fürchterlichste Geheul. Ein echter Wolf, und hätte er eine ganze Herde gerissen, vermöchte so blutvoll sich nicht Laut zu schaffen. Das untere Fenster fliegt auf, ich erkenne den Strohkopf Alberts, vom Nachtschlaf gezaust, ohne Perukken, er ist im Hemd. Wird er die Pistole, die ich ihm zurückgegeben, von der Wand holen? Zu umständlich wäre es, sie zu laden, zu viel Zeit ginge verloren, drum hat der wakkere Albert einen Stock zu Hand. Ich heule Hohnlachen! mit dem Spazierstock will er sich des Wolfes erwehren.

Zwei, drei Fenster fliegen auf, in allen Regionen des Hauses.

– Bleibt drin! ruft Albert. Schließt die Türen!

Ich aber sehe, auch die Balkontür ist aufgegangen, seh die Holde im Nachtgewand, das weiche Haar fällt über ihre Schultern, und auch wenn eine Schleife das Hemd gesittet zusammenhält, kann ich den Ansatz des lieblichsten Busens erspähen. In mir ist Gier, Hohn, Kraft und Vernunftlosigkeit, alles in einem, ich fahr herum, wo Albert gestanden; er besann sich, kommt nicht mit dem Stock ins Freie, an der Gesindetür seh ich ihn einen großmächtigen Säbel schwingen.

– Nero, du Bestie! schreit er und hebt das Panier.

Im Moment begreif ich, er verwechselt mich mit dem Hund des Grafen, dessen Verschwinden man Albert mitgeteilt hat, auch daß das Tier Charlottens Zicklein gefressen.

– Er ist vollkommen toll! ruft Albert. Ich mach ihm ein Ende!

Das kommt mir gelegen: ein Ende zu machen, hab ich mich eingefunden, dein Ende, Albert, stell dich, Buhle, heut für immer wird entschieden, wer das Blutrecht auf das Mädchen hat!

Ich setze auf Albert zu, im Ausfallschritt stößt er mir die Klinge entgegen, ich duck mich darunter weg und spring ihn an, er pariert mit der Glocke des Degens. Ich geh ihn von der nämlichen Seite an, krieg den Stiefel zu fassen, verbeiß mich ins Leder, reiß Albert herum, spüre den Stahl über mir, den er in mich hineinstechen will. Mit einem Ruck des Kiefers bring ich Albert aus dem Gleichgewicht, der Säbel zuckt, entgleitet ihm, er stürzt zu Boden und liegt auf dem Rücken. Ich laß den Stiefel fahren, will auf Albert los, ihm in die Brust, den Hals die Zähne schlagen, sein Blut will ich hinspritzen sehn – da fährt ein Stich mir in den Hinterlauf. Danach ein Knall, Feuerstoß über mir, ich sehe Lottens Vater auf dem Balkon der Tochter, die Büchse im Anschlag. Der alte Förster hat sich sein trefflich Auge bewahrt, quer über den Vorhof angelegt und trotz schwarzer Nacht sein Ziel getroffen. Die Kugel ist mir nahe der Beuge in den Schenkel gefahren. Damit nicht genug, steht Lotte, die das Waidhandwerk auch erlernt, neben ihm, das Haar zum Zopf gedreht, und reicht dem Vater die nächste Flinte. Lotte lädt! Lädt das Gewehr, das mich erlegen soll! Nicht Ingrimm packt mich, sondern Bewunderung, Liebe in gesteigerter Form: sie ist eine Heldenbraut, ein Mädchen, das zu kämpfen weiß – Wilhelm! wie das mein Herz belebt. Nicht den mückerigen Albert muß ich niederringen, Lotte selbst ist es, sie tritt zum Streit mit mir an, wie Penthesilea sich dem Achill gestellt, wie der Pelide mit der Amazonenkönigin kämpfte, wie er, von ihr bezwungen, zuletzt von ihr aufgefressen ward – solch einen Kampf begehr ich, das ist das Wahre!

Die Kugeln, die rundum pfeifen, lassen mich meinen Plan verschieben. Im Fenster ist der Großknecht aufgetaucht, auch er hat ein Pistölchen mitgebracht. Auf der Empore schießt der Alte mit Lottens Unterstützung munter weiter. So viel irrsinnigen Wagemuts ist nicht in mir, daß ich mich mutwillig beschießen ließe – ich stoß ein Abschiedsgeheul aus, mache kehrt und setze ins Dickicht.

Du wirst zugeben, Wilhelm, das war eine Nacht, wie keiner von uns sie je hingebracht. Sie endete damit, daß ich auf dem Rückweg meine enormen Kräfte schwinden spürte. Der Mond war verhangen, ich sah kaum, wohin es mich trieb. Irgendwann kam es mir unnatürlich bei, daß ich auf allen vieren springe, und als ich mir meine Pranken vor Augen führte, waren es wieder Menschenhände, dem felsigen Untergrund nicht gewachsen, auf zwei Beinen wollte ich weiterrennen, da zuckte ich vor Schmerzen zusammen. Mein rechtes Bein, Freund, ist von Blut überströmt, der Schuß des Försters hat gesessen und wohl ein großes Blutgefäß getroffen, ich stürze in moosiger Senke hin. Nun erleide ich die Schmerzen, die mich im Wolfsgewand kaum geplagt, ich wimmere, presse die Hand auf meine Wunde am Schenkelhals, wo es hervorquillt. – Gott! ich verblute, stöhn ich und habe mich in ein schwächliches Bündel Mensch rückverwandelt. Da ich den Kopf heb, leuchtet es milde, ist nicht mehr weit, ich nehme die letzte Kraft zusammen und schlepp mich meinem Hause zu.

Wie ich des weiteren die Nacht zugebracht, was ich unternahm, die Blutung zu stillen, wie ich in einen fiebrigen Schlaf fiel, mag ich im Besonderen nicht ausführen – zu viel ist geschehen, zu viel muß wieder eingerichtet werden. Wilhelm! bete für mich, daß ich die Folgen der Nacht zu meistern Manns genug bin. So schließ ich, im Morgengrauen des kommenden Tags.

Am 9. Juni.

Den Vormittag über geschlafen. Die Kugel ist am *Os femoris* vorbeigegangen und etwa zehn Zentimeter unter der *Articulatio coxae* an der Hinterseite des Schenkels durch eine klaffende Wunde ausgetreten. Allein im Haus und keinen Medikus in der Nähe, habe ich mir vor Wochen schon einen guten heilsamen Kasten zusammengestellt, mit dessen Hilfe ich dem Wundbrand entgegenwirke, das Fleisch mit einer Klammer zusammenzwinge, bevor ich mich selbst verbinde. Ich tu es mit Ruhe, als sei der Spuk jener Nacht nicht die Verwirklichung der übelsten, zugleich unglaubhaftesten Voraussicht. Die Prophezeiung, die ich für Ausgeburt meiner Phantasie genommen, bewahrheitet sich, ich wandle mich in ein Tierwesen um und vermag mich in dem Zustand nicht zu kontrollieren, bringe Tod und Verheerung, ich bin ein Ungeheuer geworden. Doch wehklage ich nicht, rufe Gott nicht an oder füge dem wirklichen Zauber noch Hokuspokus hinzu, ich befinde mich merkwürdig gefasst, hinke zu Nero, meinem Wächter und Gefährten und rede so zu ihm.

– Nero, sage ich, was keine Seele zu glauben vermöchte,

ich glaub es nun. Durch deinen Biß bin ich verflucht und werde nach und nach vom Menschsein abgetrennt. Wenn du kein böser Geist bist, der mich zernichtet, wenn ein Sinn in dieser Verwandlung liegt, muß ich ihn augenblicks erfahren. Wissen muß ich, wohin es mich treibt, was Endzweck des Rasens und Außermirseins ist, warum das Tier in mir mächtiger werden soll als der Mensch, den ich in den Jahren meines Lebens geformt habe.

Nero erhebt und streckt sich wie nach einem faul zugebrachten Wintertag und läuft trottend zur Tür.

– Hinaus will ich nicht! widerspreche ich. Ich bin mir selbst nicht geheuer, habe Schmerzen und bleibe am Feuer, bis ich alles erfahren.

Darauf schüttelt der Hund das Haupt, seine Kiefer öffnen sich. Überzeugt, daß er gleich sprechen wird, starre ich ihn an. Er macht eine Drehung, winkt mit dem Kopf, wie man wohl einen guten Freund auffordert, nicht so störrisch zu sein. Mühelos öffnet er die Tür und läuft zum Pferdestall.

– Reiten soll ich, trotz meiner Wunde?

Mit den Pfoten auf der Stelle tappend, zeigt er Ungeduld an, bis ich den Braunen gesattelt, mir einen Schemel geholt und unter Schmerzensseufzern aufgesessen bin. Nero wartet nicht, ob ich mich halten, das Pferd gängeln kann, er hetzt in den Tann voraus. Ich beiße die Zähne zusammen, es verlangt Geschick, nicht bei jedem Sprung des Tieres mit dem verletzten Schenkel aufzuprallen – Du hättest mich sehen mögen! ein verrücktes Reiterlein mag ich abgegeben haben. Der Hund schlägt nicht den Weg zum Jagdhaus ein, den ich nach letzter Nacht scheue wie keinen, er läuft vielmehr zum Weiler hinan. Zwischen verwahrlosten Häusern reite ich ein, man macht sich hier wenig Mühe, Haus und Hof herauszuputzen. Als Nero vor einer schäbigen Hütte hält und ich absteige, bemerke ich, daß die Wunde, aufgebrochen, wieder zu bluten beginnt, wodurch meine sandfarbne Hose sich rot färbt.

Als sei ich erwartet worden, geht die Tür auf, ein Weib tritt mir entgegen. Sofort fällt mir bei, wen ich vor mir habe, jene Frau ist es, die ich auf dem Balle bemerkt, als Lotte und ich uns kennenlernten. Ich seh es wieder vor mir: wie wir die Reihen beim Deutschen durchtanzten, kamen wir an dieser Frau vorbei, die Lottchen ansah und zweimal, mit Bedeutung, den Namen Albert nannte. Auch jetzt, bei Tageslicht, kommt mir ihre Miene in dem nicht mehr jungen Gesicht einzig vor, ich entbiete meinen Gruß, sie läßt mich eintreten, Nero bleibt vor der Schwelle.

Die Frau zeigt auf meine Verletzung, die heftig blutet.

– Laßt mich den Verband erneuern und etwas Wohltuendes auflegen.

– Sag sie mir erst, wo ich hier bin, erwidere ich in rüdem Ton.

– Da, wo Ihr früher hin gesollt hättet, antwortet das Weib, bringt auf dem Herd einen Sud zum Kochen und fordert mich auf, das Beinkleid abzulegen.

Drauf ich: Ihr seid kein Medikus, keine in der Gegend bekannte Heilerin, was seid Ihr, eine Hexe?

– Herr! sie lacht. Was nützt Euch ein Name, wer oder was ich bin? Ich stehe in Kontakt mit dem Grafen von W., nun wißt Ihr genug.

– Mit dem toten Grafen, frage ich, da ich es doch ahne. Wo ist er, wie kann ich ihn finden?

Kopfschüttelnd tritt sie mit einer Schale vor mich. – Ihr müßt Eure Ungeduld zügeln, bis zum dritten Mal der Mond sich füllt.

– Zügeln, nimmermehr! Ich springe zurück, dabei zuckt mir der Schmerz durchs Bein, daß ich hinsinke auf die Bettstatt.

– Man hat Euch gesagt, was mit Euch geschehen wird. Ihr habt es am eigenen Leib erfahren. Welchen Sinn braucht Ihr noch?

Da ich schmerzensbleich schweige, öffnet sie meinen Gürtel. – Der Dämonenwolf hat Euch erwählt. Auszeichnung ist es und kein Fluch, ist mehr als jeder andere Mensch in seinem Leben erhoffen darf.

– Genug! fahr ich sie an. Des Redens über Fluch, Verheißung, Erwähltsein bin ich überdrüssig. Sagt mir zum mindesten dies: Was wird mit Lotten, was mit mir und ihr?

Wilhelm! nur sie, die Holde ist es, nach der mein Sinn geht, sie zu gewinnen wär ich bereit, zum Wolf selbst zu vertieren, ach, wollte Lotte mein Wolfsmädchen werden! Darum ist mir Wildheit sogar willkommen und jede Hemmungslosigkeit recht.

– *Weil* Ihr im Innern hemmungslos seid, hat der Wolf Euch auserwählt, antwortet das Weib, als lese es mühelos meine Gedanken. Charlotte aber steht außerhalb solcher Wildheit, sie lebt in ihrer zurückgezogenen Welt, in die einzudringen Euch wohl gelingen mag, doch um den Preis nur ihres Todes!

– Ihr Tod! ruf ich erschrocken. Wie könnte ich ihr den Tod bringen, da ich den Himmel für sie wünsche?

– Und letzte Nacht? Habt Ihr's da nicht fast getan, wolltet Ihr sie nicht umbringen?

– Nimmermehr!

– Was war es mit Eurem Gelüst, Charlotten wie ein Wild zu erlegen, zu zerfleischen, Euch einzuverleiben?

Ein schiefes Lächeln entstellt das Gesicht der Frau, sie hat den Hosenbund mir gelockert, zieht vorsichtig daran, bis die blutige Stelle erscheint.

– Woher weiß sie das alles, Weib!

– Ich bin die Dienerin des Grafen. Von seiner Welt aus kann er lesen, was in der Welt der Lebendigen geschieht.

– Ist der Graf also tot?

– Tod, Leben? sagt sie milde. Ich kenne den Tod, bin eine alte Magd von ihm. Man überschätzt ihn. Wir kommen aus dem Dunkel und gehen ins Dunkel, dazwischen liegen manche Erlebnisse, doch Anfang und Ende sind weitgehend unbekannt.

– In diesem Zwischenreich wandelt der Graf? Und in dies Zwischenreich soll ich selbst eingehen?

Ich sehe zu, wie sie die notdürftig befestigte Klammer aus meinem Fleisch entfernt, einen Lappen nimmt und den Sud aufstreicht. Sogleich ist mir der Wundschmerz genommen, ich fühle Kühlung, die ich für Anzeichen von Heilung nehme.

– Eure Aufgabe ist Verzicht, sagt sie. Ihr werdet zum Werwolf um den Preis eines Opfers. Indem Ihr Euch überwindet, Lotten in Frieden zu lassen, wird die dunkle Seite des Wolfes gebannt, und die hellichte tritt hervor. Nur so werdet Ihr ein Geschöpf des Heiles, das, mit großer Macht ausgestattet, Gutes tun wird, statt blutrünstig zu morden.

Die Frau sieht mich abgrundtief an. Mir ist, Wilhelm, als hätte sie mit wenigen Sätzen mein ganzes Leben vor mir ausgebreitet, ich spüre eine unüberwindliche Wahrheit darin, die mein Weh vollends macht. Es ist offenbar: Charlotte ist nicht für mich, wird nie die meine sein. Aus vielen Zeichen, die ihr Sein umgeben, hätte ich es längst ablesen können, nun ist es kein Gaukelbild mehr, das der Teufel Hoffnung zu überwinden trachtet, jetzt wird es Auftrag und Bestimmung, Lotten für immer zu lassen.

Ich bedanke mich bei der heiltätigen Frau, frage nichts fürder, auch sie sagt nichts, ich gehe vors Haus; aufsitzend ist meine Verletzung kaum noch zu spüren.

Sie kommt nach und streckt die Hand zu mir empor.

– Eins noch! Ein Medaillon baumelt an derbem Lederband. Die Zeit bis zum dritten Vollmond wird eine grause Prüfung für Euch. Der trotzige Mensch in Euch wehrt sich gegen den mächtigeren Wolf, es ist ein Kampf des Blutes. Sie drängt mich, das Amulett zu nehmen. – Damit könnt Ihr die Schmerzen lindern.

Ich fass es. Aus einer alten Münze wurde der Talisman

gefertigt; die Prägung mag ein königliches Gesicht darstellen, einen Herrscher, der vor unzähligen Monden das Geschlecht der Dämonenwölfe gründete.

– Legt es um Euren Hals, fährt die Heilerin fort, es lindert die Pein der Wandlung. Sie stockt, ich ermuntere sie, weiterzusprechen.

– Seit der Zeit, die Ihr in unserer Gegend wandelt, hege ich einen Wunsch, eine heimliche Bitte an Euch.

– Sprecht sie aus, gute Frau, sag ich vom Pferd herab.

– Daß Ihr mich beißen mögt.

– Beißen? Ich weiß im Moment nicht, worin der Sinn ihrer Worte liegt.

– Mit mir geht es bald zu Ende, antwortet sie, ich habe sichere Zeichen, und fühl es zudem. In mir ist keine Angst vorm Sterben, doch durch den Biß des Auserwählten, der Ihr seid, könnte ich weiterleben, neugeboren, in neuer Gestalt.

– Ihr wollt, daß ich –? Ich ziehe am Zügel, da der Braune unruhig wird.

Zum zweiten Mal streckt sie die Hand hoch. – Ein kleiner Biß, Herr, was kostet Euch der schon?

Berührt, doch angewidert, wende ich den Kopf. – Ich kann das nicht tun. Ich sehe sie dringlich an. – Wollt Ihr sagen, wen immer ich beiße, der erfährt den gleichen Fluch wie ich selbst?

Sie bejaht es, da fällt mir die Erinnerung bei, als ich meine Zähne in Alberts Stiefel geschlagen. Sind sie durchgedrungen, habe ich den Guten verletzt, ist Albert in Gefahr?

Die Heilerin zieht die Hand zurück, nickt traurig und versteht. – Reitet wohl, sagt sie, stellt Euch Eurem Schicksal, und die Geister des Waldes seien mit Euch.

Ich neige vor der Merkwürdigen das Haupt. – So will ich also von Lotten Abschied nehmen für immer. Steh mir bei, mein dämonischer Freund.

Und Nero schließt sich mir willig an, diesmal geht es zum Jagdhaus hin.

Am selbigen Abend

Manchen Umweg bringe ich hinter mich, Freund, bevor ich ans Ziel des traurigen Ganges komme. Gedankenschwer, tief in meinem Inneren versunken, lasse ich dem Braunen die Zügel, er versteigt sich in die Sumpfwiesen, aus denen ich nur mit Neros Hilfe herausfinde. Schließlich, es dunkelt schon, taucht das Jagdhaus auf, sie tun bereits Licht in die Fenster.

Ich stehe auf der Terrasse unter den Kastanienbäumen und sehe der Sonne nach, die mir zum letzten Mal über dem lieblichen Tal, dem sanften Fluße untergeht. So oft bin ich hier gestanden, mit ihr, und hab ebendem Schauspiel zugesehen, und nun – ich gehe die Allee auf und ab, die mir so wert ist. Von hier hast du zwischen Kastanienbäumen eine weite Aussicht – ich habe Dir, denk ich, schon viel davon geschrieben; wie hohe Buchenwände einen endlich umschließen und durch ein daran stoßendes Boskett die Allee düsterer wird, bis zuletzt alles in einem geschlossenen Plätzchen endigt, das Schauer der Einsamkeit umschweben. Ich ahne, was für ein Schauplatz das heute noch werden soll, voll Trauer und Schmerz.

Ich habe mich etwa eine halbe Stunde in schmachtend süßen Gedanken des Abscheidens geweidet – Nero liegt unter einem Baume –, als ich die beiden die Terrasse heraufsteigen höre. Lotte im weißen Kleid, Albert trägt hochgeschlossenes Dunkelblau und führt sie am Arm. Ich such zu erspähn, ob er vielleicht hinkt oder ein Verband sein Bein entstellt, doch mir scheint, der Kampf vergangener Nacht hat keine Spur an ihm gelassen.

Ich laufe ihnen entgegen, mit einem Schauer fasse ich Lottens Hand und küsse sie. Zu dritt gehen wir weiter, sogleich beginnt die Süße vom Spuk der vergangenen Nacht zu berichten. Von einem Teufelstier redet Charlotte, einem Höllenhund, der Hades' Reich entlaufen sein muß. Heimlich wende ich den Kopf: Nero hat sich lautlos davongemacht. Glaubt das liebe Mädchen doch von ihm zu sprechen, den alle für toll halten, weshalb heute eine Treibjagd zusammengestellt wurde, die im Morgengrauen ausrücken soll, das gefährliche Tier zu erlegen.

Unvermerkt kommen wir während solcher Reden dem düsteren Kabinett nahe, Lotte tritt ein und setzt sich, Albert neben sie. Aus ihrem Mund höre ich meine eigenen Schandtaten: wie sich das Tier unter Lottens Balkon eingefunden und hochgejault hat, wie es den wackeren Albert, der zum Schutz aller ins Freie eilt, angegriffen, bekämpft, beinah überwunden hätte, wäre der Vater nicht beigesprungen; wie jener trefflich auf den tollen Hund gefeuert, ihn verwundet und in die Flucht geschlagen hatte. Man habe Blutspuren gefunden und bis in den Tann verfolgt, so Albert, das Tier sei in Richtung meiner Wahlheimat gelaufen: ob mir von einer streunenden Bestie nichts aufgefallen sei?

Meine Unruhe läßt mich nicht bei den beiden sitzen, ich gehe auf und ab, es ist ein tiefängstlicher Zustand. Nichts hätte ich bemerkt, erwidere ich, vielmehr geschlafen, dabei gebe ich mich erschrocken, außer mir, in welche Gefahr meine lieben Freunde gekommen.

– Sperrt Euer Pferd gut ein, rät Albert, ein toller Hund ist imstande, selbst Euren Braunen anzugreifen. Ich versicher es ihm. – Leider haben wir seine Spur verloren, fährt Albert fort, Lottens Hand in seiner, morgen aber ist es aus mit ihm, morgen hat er am längsten gelebt.

– Fast hab ich Mitleid mit Nero, sagt das Mädchen. Er ist nicht im Innern böse, folgt nur seiner Natur, auch wenn sie von großer Grausamkeit.

Sie sagt das! o Wilhelm, wer kann wiederholen, wie sie es sagte, wie kann der kalte, tote Buchstabe es darstellen!

Albert fällt ihr in die Rede. – Es greift Sie zu stark an, liebe Lotte. Ich weiß, Ihre Seele hängt nach solchen Ideen, das kommt von den Büchern, die Sie sich nicht ausreden lassen, aber ich bitte Sie –

– O Albert, besänftigt sie ihn, es webt etwas Einziges in der Natur: Heiterkeit ist da neben Wildheit, das Sprießende existiert neben dem Verwesenden, ich habe ein starkes Gefühl für diese Verwandtschaft. Mit den Büchern, an denen ich mich gelegentlich erbaue, hat das zum allergeringsten Teil zu tun.

Bei ihren Worten hätte ich hinstürzen und sie heiß abküssen mögen, sagte sie doch nichts anderes, als daß sie einen wie mich, der zwischen der Menschenwelt in ihren gezähmten Grenzen, und der Welt des Animalischen hin und her pendelt, versteht, daß sie sich angezogen fühlt von seinem Zwiespalt.

– Lotte! rufe ich aus, indem ich ihre Hand nehme und mit tausend Tränen netze, Lotte! der Segen Gottes ruht über Euch, jenes Gottes, der das wilde Tier erschaffen, so wie er den Menschen schuf, beide liebt Gott mit gleicher Milde, das Lamm, den Löwen, den Hirten und den Feldherrn.

Albert schüttelt bei meinen Worten das Haupt, ihm ist Tierisches nicht geheuer, wenn es nicht als Braten von ihm aufgespießt werden kann. Dabei bleibt sein Blick an einer Stelle meiner Tenue hängen, ich weiß sogleich, was ihm auffällt: mein Beinkleid wird durch einen garstigen Fleck entstellt.

– Ist das Blut? fragt Albert.

Ich bestätige es, die rostrote Farbe ist zu verräterisch. – Beim Reiten brach eine alte Verletzung auf, fabulier ich aus dem Stegreif, ich fand nicht die Zeit, die Hosen zu wechseln. Das sage ich in betulichem Ton, als hätte ich Scheu, vor Lotten Fragen der Bekleidung zu erörtern.

– Blessiert seid Ihr? will sie erfahren. Wann und wo habt Ihr Euch solcherart verletzt?

Du mußt wissen, Wilhelm, der Blutfleck sitzt an einer Stelle, wo man sich als Mann schwerlich verletzen kann, ohne daß bestimmte Teile in Mitleidenschaft gezogen werden, deren Erwähnung vor Frauenzimmern unmöglich ist.

Hätte Lotte es bei der Erwähnung einer Reitverletzung belassen, das Thema wär vorübergegangen und hätte auch Albert weiter nicht interessiert. Nun aber schauen er und Charlotte dort hin, eilig setz ich mich, überschlage die Beine und sage, es wäre nichts.

– Merkwürdig, daß eine blank gerittene Stelle so bluten kann, meint Albert.

– Es ist eine furunkulöse Angelegenheit, verharmlose ich, die mir manche Pein verursacht. Während des heutigen Ritts ist sie nun wieder aufgebrochen.

– Aber Werther! Lotte hebt den Blick. Das muß der Medikus sehen.

– Wollte auch zu ihm, antworte ich, doch kam mir manches dazwischen. Ich schlage den Rockschoß über die Stelle.

– Merkwürdig in der Tat. Albert schüttelt den Kopf.

– Was ist merkwürdig, mein Guter? fragt Lotte.

– Die gleiche Verletzung innerhalb eines Tages.

– Wie meint er das?

– Mir war, so Albert, als ob der Schuß von Eurem Vater den toll gewordenen Hund an just der gleichen Stelle getroffen, wo Werthers Furunkel sitzt. Wenn das kein Zufall ist! Dabei sieht er mich mit einer Herausforderung an, die mein Mißtrauen weckt. Sollte Albert einer sein, der die Fäden der Logik mit den unsichtbaren Schwingungen der Eingebung zu vereinen vermöchte? Ein nüchterner Kerl wie er, bei dem zwei und zwei immer vier ergibt – könnte er den rechten Rückschluß ziehen und das Geheimste aufdecken, das der Wald birgt: den Wolfsmann, den Tiermenschen?

– Unglaublich, aber wahr, gebe ich mich harmlos. – Nun laßt uns von anderem reden.

Abschied zu nehmen bin ich gekommen, Wilhelm, hatte vor, der Holden mit großer Geste Lebewohl zu sagen – doch was sollte es fruchten? Still und dankbar will ich statt dem die Minuten hinbringen mit ihr, die mir eine Welt des Gefühls eröffnet, und will gehen, ohne daß sie ahnt, es sei das letzte Mal. Auch Albert will ich danken für seine Existenz, denn da ich unaufhaltsam abgespalten werde vom Menschsein, muß ich mich freuen, daß es ihn gibt, den Redlichen, der Lotten auf ihrem Lebensweg ein Kamerad sein wird. Keine Gefühlsaufwallung jetzt, entschließ ich mich, heiter und leicht will ich scheiden, als wäre es ein unter vielen Malen, als ritte ich nicht in die Ferne, sondern wie jeden Abend an meinen Herd nach Hause, um morgen wiederzukehren.

Wir reden über kleine Geschehnisse des Tages, bis Lotte aufsteht. – Wir wollen fort, sagt sie und meint, daß es zum Abendbrot geht, und daß ich, wie viele Male davor, geladen bin. Daß wir danach am Feuer sitzen, uns unterhalten werden, als wär es das Natürlichste, die Jungfrau, der Bräutigam und der Hausfreund. Weder Lotten noch Albert haben begriffen, daß ich in Wahrheit der Buhle bin, der Widersacher, daß ich Teufelei, Unfrieden, unerlaubte Sehnsucht und lüsternen Taumel ins Jagdhaus bringen wollte. Sie können es nicht wissen und sollen es nimmermehr.

– Lotte! Ich nehm ihre Hand. Wir werden uns wiedersehen! hier und dort wiedersehen! Ich kann nicht weiterreden, Wilhelm, muß sie nicht erspüren, wie mir's zumute?

– Wiedersehen werden wir uns, ich würge an meinen Tränen, unter allen Gestalten werden wir uns erkennen. Ich gehe, gehe jetzt, gehe willig, sage ich, doch als ich sagen soll *auf ewig*, halte ich es nicht aus, laß ihre Hand los und ergreife Alberts.

– Leb wohl, Albert! auch wir sehn uns wieder.

– Morgen schon, versetzt Lottchen scherzend.

Ich fühle das Morgen als unerträglich bleiern Gewicht auf meine Seele sinken, werde ich morgen doch der nicht mehr sein, der Lotten, wenn auch ohne Hoffnung, so doch bedingungslos lieben darf, werde ein anderes, Neues sein, das mir so unbekannt ist wie Bewohner von einem fernen Stern.

Sie gehen die Allee hinaus, ich stehe, sehe ihnen nach und werfe mich auf die Erde, weine und springe auf und lauf auf die Terrasse zu, sehe unten im Schatten der hohen Bäume noch ihr weißes Kleid nach der Gartentür schimmern, strecke meine Arme aus – und sie verschwindet. Hinter mir hör ich ein schweres Seufzen, Nero ist es, die hellen Augen zu mir erhoben: Nun hast du das Schwerste getan, sagt sein Blick. Der Dämonenwolf nimmt mich mit, er wird mein Führer sein im Ungewissen.

Am 11. Juni.

Dir dank ich, Bruder, daß ich das Anerbieten des Gesandten in kürzester Frist nun doch annehmen durfte. Da ich die Zeit, die mir als Mensch noch bleibt, nicht in Einsamkeit hinbringen will, scheint mir das Sinnigste, in offizieller Angelegenheit unterwegs zu sein.

Gestern sind wir angelangt, der Gesandte ist unpaß und wird sich den Tag über nicht zeigen. Wenn er nur nicht so unhold wäre; mit ihm ist mir die nächste harte Prüfung zugedacht. Ein wenig leichteres Blut würde mich seine Gegenwart besser ertragen lassen, doch mit dem Blut, Dir ist's bekannt, hat es bei mir seine Bewandtnis. Vergiftet, wie das meine, ertrag ich den Schwadronierer nur unter Anspannung, den tumben Tropf, der mit seinem erbärmlich bißchen Talent in behaglicher Selbstgefälligkeit auftritt. Ich dagegen verzweifle an meiner wachsenden Stärke, an meinen ins Übermaß geschärften Sinnen! Genug, es ist entschieden, ich steh in Diensten, Deiner Fürsprache dank ich es, so sei auch bedankt.

Geduld! Es wird besser werden. Denn ich sage Dir, Lieber, seit ich unter dem Volk umgetrieben werde und nicht länger in einsamer Hütte brüte, seit ich sehe, was sie tun und wie sie's treiben, stehe ich besser mit mir selbst und meinem Schicksal. Wenn man den Menschen anschaut, wie er Dummheiten redet, kaum daß er das Maul auftut, wie er sich mit jeder lächerlichsten Leistung spreizt und sein Dasein gewichtig machen will, wo es von der Nährsaugung bis zum Hinscheiden unbedeutender kaum sein könnte, wenn man ihn also auf Schritt und Tritt beobachtet, den Menschen, so scheint es mir nicht mehr zum Übel, ein Tier zu werden, dämonisch oder nicht, da dieser Existenz eine entscheidende Eigenart abgeht – die Lüge. Weder Baum noch Blume, weder Wolf noch Marienkäfer sind imstande zu lügen: das, Wilhelm, nehm ich als die Moral, die die Natur mich lehrt. Ich weiß, daß auch im Tierreich geprahlt wird – wenn die Brunftzeit naht oder wenn sich ein unterlegenes Wassertier, um nicht gefressen zu werden, als Seelilie tarnt, wenn der Laternenfisch sein Licht anknipst, um neugierige Beute anzulocken – doch es geschieht zur Erhaltung der Art! Der Mensch aber lügt und prahlt und verstellt sich, nur weil der Tag lang ist! Jener, der den Weibern nachgeifert, stellt sich als frömmelnder Bibelmann dar, die liebenswürdige Matrone wird zur Verleumderin, kaum daß ihr einer den Rücken kehrt.

Wahrhaftig will ich ein Wolf sein, wenn ich die Menschen sehe, ein stolzer, starker Wolf, gefährlich, fürchtenswert und darob alleingelassen. Ich will die Tiefe des Dämonenwolfes erreichen, der in andere hineinschaut, ihren Falsch, auch ihr Elend erblickt und zu heilen vermag. Kaum bin ich meiner Einöde entronnen und in der schlüpfrigen Lebewelt der Menschen angekommen, Wilhelm, schenke ich der guten Heilerin Glauben, die mein Schicksal als Auserwähltsein, als einen Adelsschlag, keinen Fluch mir offenbarte. Ich geb ihr, geb auch dem Grafen von W. recht, bin voll der Freude, bald einzuziehen in ihren Kreis und dem Pesthauch der Städte enthoben zu sein.

Am 13. Juni.

Der Gesandte macht mir viel Verdruß, ich habe es vorausgesehen. Er ist der pünktlichste Narr, Schritt vor Schritt und umständlich wie eine Base, ein Mensch, der mit sich selbst ewig zufrieden, doch mit keinem anderen. Ich arbeite gern leicht weg, Du weißt es, weil ich dergestalt zu bestem Ergebnis komme, doch er ist imstande, mir einen Aufsatz zurückzugeben und zu sagen: Er ist gut, aber sehen Sie ihn durch, man findet immer ein besseres Wort, eine reinere Partikel. – Da möchte ich des Teufels werden, möchte den Gesandtschaftssekretär, den ich abgebe, gegen die Wand schleudern, das Wolfsvieh aus mir hervorholen und dem Hofbeamten an die Gurgel fahren, möchte sein höfisches Genick brechen spüren! Kein *Und*, kein Bindewörtchen darf, ging's nach ihm, außenbleiben, und von allen Inversionen, die ich erfunden, ist er ein Todfeind. Wenn man seine Formulierungen nicht nach der alten Melodie herorgelt, versteht er gar nichts darin. Das ist ein Leiden, mit so einem Tüpfelchenreiter zu tun zu haben, und das mir, einem angehenden Wolf!

Geschieht es die seltenen Male, daß der Gesandte und

ich an ein Thema streifen, das angetan ist, den Geist zu erweitern, bleibt das Metier seinem Gehirn ein spanisches Dorf, meist empfehl ich mich rasch, um nicht über weiteres Deraisonnement noch mehr in Galle zu geraten. Im Grund bist Du daran ja schuld, bester Wilhelm, der Du mich in dies Joch geschwatzt und mir so viel von Aktivität gesungen hast. – Aktivität! daß es zum Lachen! Wenn nicht derjenige mehr tut, der Kartoffeln anbaut und sein Korn aussät, als ich in jetziger Stellung, so will ich zehn Jahre mich auf der Galeere abarbeiten, auf der ich angeschmiedet bin.

Doch es ist ja nicht, soll nicht sein! ich vergeß es manchmal; keine zehn Jahre – in Wochen wird meine Strampelei nur noch gerechnet, mir aber scheint es wie das Zeitmaß des unglücklichen Sisyphos! Und dann die Langeweile unter der garstigen Beamtenschar, die Rangsucht, wie sie gieren, einander ein Schrittchen abzugewinnen! Der elendsten, erbärmlichsten Leidenschaften werde ich hier Zeuge. Was das für Menschen sind, deren ganze Seele auf dem Zeremoniell ruht, deren Trachten jahrelang dahin geht, wie sie um einen Stuhl weiter hinauf bei Tisch sich schieben wollen. Dabei häufen sich wichtigste Angelegenheiten auf ihren Schreibplätzen, weil sie über den Verdrießlichkeiten bezüglich Beförderung von den wichtigen Sachen abgehalten werden. Die Toren, die nicht sehen, daß es auf den Platz nicht ankommt, und daß der, der den ersten hat, selten die erste Rolle spielt. Wie mancher König wird durch seinen Minister, wie mancher Minister durch seinen Sekretär regiert! Der ist der Erste, dünkt mich, der so viel Gewalt oder List hat, die Kräfte der anderen zur Ausführung seiner größeren Pläne einzuspannen.

Spricht der Wolf aus mir oder sind es meine Menschenreste, Wilhelm? Ist es bloß Überheblichkeit von einem, der ins Alte nicht zurück und in ein Neues noch nicht vordringen kann? – –

Daß ich es nicht vergesse: Es ist nicht nur der Gesandte und die Beamtenseelen, die ihn umspielen, nicht bloß die Mannsbilder, die mich das Schaudern lehren, die Weiber stehen ihnen mitnichten nach.

Ich lerne neulich auf dem Spaziergange ein Fräulein von B. kennen, ein nach außen liebenswürdiges Geschöpf, alles andere als häßlich, dem viele Fährnisse in dem steifen Leben widerfuhren. Wir gefallen uns im Gespräche, und da wir scheiden, ergibt es sich, daß sie den Wunsch äußert, mich bei sich sehen zu wollen. Mir sagt ihre Freimütigkeit inmitten der Wüste von Konventionen zu, daß ich zum nächst schicklichen Augenblick die Gelegenheit ergreife, zu ihr zu gehen. Sie ist nicht von hier, wie sie mir anvertraute, wohnt bei einer Tante im Haus.

Die Physiognomie der Alten gefällt mir sogleich nicht, ich bezeige ihr Aufmerksamkeit, unser Gespräch dreht sich um die Beschwernisse des täglichen Lebens. Unter vier Augen gesteht mir Fräulein von B., daß die liebe Tante in ihrem Alter Mangel an allem hätte, kein Vermögen, keinen Geist und keine Stütze als die Reihe ihrer Vorfahren, kein Ergetzen, als von ihrem Stockwerk herab über die bürgerlichen

Häupter zu schauen. In ihrer Jugend soll sie schön gewesen sein und ihr Leben weggegaukelt, erst manchen armen Jungen gequält und in reiferen Jahren sich unter den Gehorsam eines alten Offiziers geduckt haben, der das eherne Jahrhundert mit ihr zubrachte und starb, ohne das Geringste zu hinterlassen. Kurz, und hier schlägt Fräulein von B. das Bein so übereinander, daß ich ihre Strumpfbekleidung sehen muß, es habe sich gezeigt, daß es für die Tante keinen Weg zum Überleben gibt, als ärmeren Verwandten Unterschlupf zu gewähren, die Kost und Logis im Hause allerdings abarbeiten müßten. Sie gönnt mir dabei einen Blick, der treuherzig wirken soll, das Gegenteil ist, nämlich verschlagen. Sie, die freundliche Unschuld – mitnichten! verhökert ihr Fleisch in der Bürgerhöhle der Tante! Während wir noch beisammensitzen, höre ich, wie unten angeläutet wird, da schon der nächste *Tröster* das bekannte Haus aufsucht.

Ich fühle in diesem Moment den Wolf hervordrängen, Wilhelm, ein Leichtes wär's gewesen, angesichts der Sittenlosen meinerseits Sittsamkeit fahren zu lassen, hinzustürzen und ihr mit wenigen Bissen den Garaus zu machen. Daß eine Solche meine Lust nicht weckt, brauche ich Dir nicht zu bekräftigen: wenn auch das Tierhafte, der Instinkt in mir wächst, will er mit dem niederen Menschentum nichts zu tun haben. Ich verließ die trostlose Verführerin und ihre verschlagene Tante ohne ein Wort des Grußes.

Am 14. Juni.

Ich fürchte, mein Gesandter und ich halten es zusammen nicht lange mehr aus. Der Mann ist ganz und gar unerträglich. Seine Art zu arbeiten und Geschäfte zu treiben, ist so lächerlich, daß ich mich nicht enthalten kann, ihm zu widersprechen und eine Sache oft nach meinem Kopf und meiner Art zu machen, was ihm natürlich niemals recht ist. Darüber hat er sich neulich bei Hof beklagt, und der Minister gab mir einen zwar sanften Verweis, aber ein Verweis war es doch. Ich hätte gewiß meinen sofortigen Abschied erzwungen, wäre ich von dem hohen, edlen Sinn, der aus dem Brief des Ministers sprach, nicht besänftiget gewesen.

Wie er meine allzugroße Empfindlichkeit zurückweist, wie er meine überspannten Ideen von Wirksamkeit, von Einfluß auf andere, von martialischem Durchdringen in Geschäften als jugendlich guten Mut zwar ehrt, sie nicht auszurotten, nur zu mildern und dahin zu leiten sucht, wo sie ihre wahre Wirkung tun können. Der Minister schreibt in dem Brief wahrhaftig vom Triebhaften meiner Vorgehensweise und weiß nicht, wie sehr er ins Schwarze trifft. Ich erkenne, fürderhin muß ich mich besser verschleiern, soll nicht vor der

Zeit alles auffliegen. Ich bin darum noch einmal einig mit mir worden, will meine Zeit abdienen, ohne Aufsehen zu erregen. Die Ruhe der Seele, gerade einer so umgehetzten wie meiner, ist ein herrlich Ding! lieber Freund, wenn nur das Kleinod nicht eben so zerbrechlich wäre, als es schön und kostbar ist.

Am 17. Juni.

Ich muß Ihnen schreiben, liebe Lotte, aus der Stube einer geringen Bauernherberge, in die ich mich vor einem schweren Wetter geflüchtet habe. Wie ich hereintrat, überfiel mich, inmitten dieser ländlichen Atmosphäre, Ihr Andenken, o Lotte! so heilig, so warm. Guter Gott! Der erste glückliche Augenblick seit langem.

Wenn Sie mich sähen, meine Beste, wie ausgetrocknet meine Sinne werden; nicht einen Augenblick der Fülle des Herzens, nicht eine selige Stunde! nichts! nichts! Des Abends nehme ich mir vor, den Sonnenaufgang zu genießen, und komme nicht aus dem Bett; am Tag hoffe ich, mich des Mondscheins zu erfreuen, und bleibe in meiner Stube. Ich weiß nicht, warum ich aufstehe, warum ich schlafen gehe. Das innere Beben, das sonst mein Leben in Bewegung setzte, fehlt hier; der wilde Reiz, der mich durch tiefe Nächte munter hielt, der mich beim ersten Dämmer aus dem Schlaf geweckt, ist weg. Seit ich von Ihnen gewichen, bin ich artig worden, weil ich nicht anders kann und darf, dabei sehn ich mich aus dem Getümmel der gesitteten Welt, und wenn ich es, wie heute, anstellen kann, aus den engen Gassen hinauszukommen in freie Flur, verphantasier ich so manche Stunde in ländlichen Szenen von ungetrübter Glückseligkeit – ach, und von Ihnen, Lotte! Wie oft hab ich Ihnen in solchen Stunden gehuldigt! O säß ich zu Ihren Füßen, in dem lieben vertraulichen Zimmer, und unsere kleinen Lieben wälzten sich um mich herum, und wenn die Bande Ihnen zu laut würde, wollte ich sie mit einem schauerlichen Märchen zur Ruhe um mich versammeln.

Ein Märchen ist es, Lotte, und ein schauerliches gewiß! Dartun muß ich es in der ärmlichen Stube, wo mich die Wirtsleute komisch ansehen, weil ich so gierig schreibe, als müßt ich hineinkriechen in den Bogen, der mich zu Euch führt, Lotte, zu Dir!

Der Sturm ist abgezogen, draußen geht die Sonne herrlich unter, und wie es dunkelt in der Welt, wächst auch die Dunkelheit in mir. Nur ist meine heranrückende Finsternis nicht die gottgegebene, die dem Menschen Schlaf bringt, Erheiterung im Traum, es dämmert die Schreckensvision einer gottlosen Hölle herauf, in die ich eingehen werde, eingehn muß, Lotte! da es kein Wesen gibt, das mich befreit.

Nur im Märchen, ja! da tummeln sich Jungfrauen, erbarmen sich der verwunschenen Prinzen, erdulden jede Pein, selbst den eigenen Tod, um den Bann des Verfluchten zu brechen und, in letzter Minute errettet, von ihm zum Dank als königliche Braut heimgeführt zu werden. Wohl gibt es in meinem Herzen so eine Jungfrau, doch sie ist fern, ist einem anderen versprochen und ihm von Herzen zugetan. Sie wird den Fluch für mich nicht bannen, mich heimzuholen an Gottes Gestade!

Zur Hölle muß ich fahren, Charlotte! Ein Geschöpf der Unterwelt werd ich, gleich dem erbarmungswürdigen Zerberus – o schilt mir den Höllenhund nicht grausam! angekettet ist er ja, die Unterwelt zu bewachen, freiwillig tut er es nicht, ein abscheulicher Gott hat ihn dazu verdammt. So steht's mit mir, Lotte! ein Fluch, der mein Blut durchtränkt, zwingt mich ins Joch, in den Abgrund, wovor mich ängstet. Der Abgrund ist tief, die Hölle groß, sie wird stündlich größer. Lotte! rette mich, komm und führ mich hinweg, laß uns zusammen in schneebedeckte Einöde fliehen, wo sich die Hitze meines Blutes abkühlt und ich Dir als der wahre Werther gegenübertrete, nicht Werther, der Wahnsinnige. Zu dem werde ich allmählich: heute kann ich über meinen Zustand noch urteilen, morgen ist mir die Macht der Selbstbetrachtung nicht mehr gegeben. Morgen wird man mich in den Käfig sperren, den Menschen zur Abscheu, angegafft, angespien, aber ich selbst muß mich ja in den Käfig sperren, den Käfig der Sittsamkeit, der Mittelmäßigkeit, der tumben Redlichkeit. Wie geht es Albert? Ist er bei Ihnen? Haben Sie und er – –

Gott verzeih mir's, Wilhelm, so einen Brief geschrieben zu haben! Das arme Mädchen um Haaresbreite so zu erschrekken, ihr alle Achtung, alle liebe Erinnerung an mich, dem in der Ferne Geglaubten, Geachteten, dem künftigen Gesandten und Geheimrat, zu nehmen. Ich tat es nicht, Freund, sei nur ruhig.

Zur rechten Zeit konnte ich den Irrwitz ungeschehen machen. Ich hatte den Brief gesiegelt und dem Postillon schon übergeben, da überkam's mich mit Macht, und – darf ich es heilsame Vernunft nennen? ich sattle auf und presche der Postkutsche hinterher. Erreiche sie hinter dem Wald von S. und berede den guten Mann: Ein Mißgeschick, ich fabuliere von Verwechslung, falsche Nachricht sei an falschen Empfänger adressiert, wichtigste Depesche politischen Inhalts, das Wohl des Fürstentumes stehe auf dem Spiel, an ihm, dem Postkutschenlenker, liege es, die Malaise einzurenken. So viel zur Lüge, Wilhelm, der Erbsünde des Menschen, der ich, der zum Wolf Geadelte, mich enthoben fühlte. Die lächerlichste Lüge erfinde ich, dem Postboten mein Brieflein noch zu entlocken. Er starrt beeindruckt den höfischen Edelmann an, der ich hier worden bin, mit dem Wappen der Gesandtschaft am Aufschlag und am Zaumzeug. Darauf gibt es ein unerquickliches Suchen und Graben in den Angelegenheiten fremder Leute, bis ich mein Papier endlich am Petschaft erkenne, den Brief herausreiße und an die Lippen drücke. – Das ist er! ruf ich, während der Beamte mich argwöhnisch mustert. Ich kann Dir sagen, Wilhelm, ich hätte den Brief nimmermehr rückgegeben, und wäre die fürstliche Postverwaltung sämtlich mir hinterhergesetzt, und hätte der Fürst mit Kanonen auf mich schießen lassen.

Ich danke dem verwirrten Postillon, galoppier davon, hetze in mein Zimmer, und noch eh ich von der Aufregung zur Ruhe gekommen, verbrenn ich das unselige Schreiben mit aller Feierlichkeit im Ofen. Was hätte es gefruchtet, frag ich, erleichtert und ermattet in meine Kissen sinkend, Lotten die Offenbarung meines wahren Ich zuzumuten? Sie soll auch fürderhin ihren Werther gesittet draußen in der Welt glauben, einem Ort, der ihm selbst nicht schaler und freudloser scheinen könnte. Manchmal steh ich vor dieser Welt wie vor einem Raritätenkasten, sehe die Menschlein und Rösslein herumrücken und muß mir sagen, ich spiele deren unsinnigen Tanz auch noch mit. – Leb wohl, Lieber, mir ekelt vor mir selbst.

Am 20. Juni.

Ich habe einen Verdruß gehabt, der mich von hier wegtreibt. Es muß ja so sein, ich erkenne Richtigkeit darin, und doch knirsch ich mit den Zähnen. Teufel, Du bist an allem schuld, Wilhelm! der Du mich sporntest und triebst und quältest, mich in einen Posten zu begeben, wo ich ja doch eine Bestie werden muß. Was wundert's Dich, wenn ich mich wie eine gebärde?

Nun habe ich's! nun hast's auch Du. Daß Du mir nicht wieder sagst, meine überspannte Phantasie hätte mir alles verdorben – krude, blutige Wahrheit ist es, was mich vom Hofe treibt, fort vom Fürsten, der mich liebt, und der doch nach dem Vorgefallnen seine gütige Hand von mir abziehen muß. Lies also die Erzählung meines gesellschaftlichen Untergangs, nett und plan, wie ein Chronikenschreiber das aufzeichnen würde.

Ich war beim Fürsten zu Tafel an dem Tag, da abends die noble Gesellschaft von Herren und Frauen bei ihm zusammenkommt, von der ich dachte, ein Sekretär wie ich gehörte da nicht hin. Doch der Fürst will es, drum speis ich bei ihm, rede sogar mit ihm höchstselbst, die Stunde rückt heran, da die Gesellschaft sich plaudernd im Salon ergetzt, und ich denke weiß Gott nichts Böses.

Da tritt herein die übergnädige Dame von Q. mit ihrem Herrn Gemahl und dem wohlausgebrüteten Gänslein Tochter, mit der flachen Brust und dem niedlichen Schnürleibe, zu dritt machen sie ihre hochadeligen Augen und Naslöcher, und obgleich mir solches Getu von Herzen zuwider ist, muß ich doch erkennen, daß das töchterliche Gänschen eine unverkennbare Ähnlichkeit hat – mit Charlotten! Zwar belächle ich den Fall, daß jemand Lotten von Ansehen ähneln, ihr aber um Himmelsklafter entfernt bleiben und niemals gleichen kann. Auch wenn äußerlich Stirn und Lippen, Kinn und Haar Lottens Silhouette sprechend nachformen, fehlt der jungen Q. gänzlich ihr Geist, ihre Tiefe, die schlichte Größe des Engels aus dem Jagdhaus, den ich schmerzlich vermisse.

Es scheint jedoch, als ob das heranwachsende Tier in mir sich von dem Vexierbild Lottens täuschen läßt und hervorbricht, obgleich Vernunft und Verstand Werthers erkennen, wie fern die Ähnliche der wahren Lotte ist. Etwas von mir sieht dort Lotten stehen, der Wolf sieht Lotte, wittert sie und vermag nicht an sich mehr zu halten. Der Wolf will hervor!

Wilhelm! ich bin umgeben von Adelsgeschlechtern des Fürstentums, der Regent selbst, seine Gemahlin, sein hinkender Bruder, die Schranzen und Speichellecker, die Ämterschleicher, die Jawohlsager sind zum Jour fixe des Fürsten erschienen, geschnürt, unter hohen Perucken, parfumiert und drauf aus, jede Blöße, die sich ein anderer gibt, weidlich auszunutzen zu eigenem Vorteil. Und da wird unter ihnen einer zum Wildtier! Nicht beim ersten Ansehen, niemand erwartet etwas so Tierisches in diesem Kreis, doch ich spüre, was nun geschehen wird, spür's knacken und brechen, sich winden und hervorquellen – seh meine Hände, denen Klauen entsprießen, fühl die schwarze Wolle unterm Plastron, wittre plötzlich tausendmal intensiver, daß die Parfums und Wässerchen, auch die üblen Ausdünstungen der Matronen mir unerträglich werden! Gerade wollt ich noch etwas sagen, da fühl ich Zähne wie die eines Tigers im Mund, vermag nicht mehr gesittet zu sprechen, knurre stattdessen, krächze, stöhne und kann mich mit letzter Mühe daran hindern, loszuheulen. Bevor meine Kleider – siehst Du's vor Dir, Bruder? – von mir abfallen, ich nicht auf zwei Beinen mehr stehn kann und auf alle viere niedergezwungen werde, verlaß ich humpelnd, hüpfend den Saal, strauchle auf spiegelndem Marmor, stürze wie einer, der nicht gewohnt ist, in Schuhen zu laufen, und klammre mich, um hinauszugelangen, an den Bordüren der Wandvertäfelung fest. Erblicke meine Krallen, die Wolfsklauen, höre tierisches Atmen, und als ich mich umblicke, ob der Fürst etwa das entlarvende Spiel mitangesehen, geht ein Schreckenslaut rings durch die Menge. Sie haben mich angestarrt, Wilhelm! mit offenen Mündern begaffen sie den sich Verwandelnden. Da und dort sinken Frauenzimmer zu Boden, hier entgleitet einem Kavalier das Weinglas, dort will einer sich setzen und verfehlt den Stuhl. Und alles das geschieht, weil ein beliebiges Dämchen der Einzigen ähnelt, weil Lotte mich selbst in der Fremde einholt und mein anderes Ich unweigerlich hervorlockt, das ohne sie niederzuhalten wäre, *mit* ihr jedoch der Wildheit ihren Lauf läßt.

Mein Trachten und Sehnen, fortzukommen von Lotte und die Frist bis zum Ablauf der drei Monde als gebührliche Existenz zuzubringen, scheitert und ist zernichtet, das danke ich dem Gänslein von Q. Ich habe meine Entlassung vom Hofe verlangt und erhalten, jetzt komme ich also zurück aus der weiten Welt – o, mein Freund, mit wieviel fehlgeschlagenen Hoffnungen, wieviel zerstörten Planen! Was wird nun alles getratscht, vermutet, gerätselt werden, wie freuen sich jene, die mir seit meiner Ankunft vorwerfen, eine Geringschätzung anderer strahle von mir aus, die durch das Verhängnis letzten Abends gebührende Strafe erfahren hätte.

Ich bin zerstört, bin wütend und wollte wahrhaftig, daß einer sich unterstünde, mir vorzuwerfen: Werther, er ist gestern ein wahrer Hundsfott gewesen! daß ich ihm den Degen durch den Leib stoßen könnte. Besser noch, meine Wolfshauer sollten ihm das Untergebiß ausreißen, klaffende Wunde schaffen, daß er, des Mundes beraubt, nie wieder ein Wort sprechen möchte. In bin in nämlicher Nacht in der Erscheinung des Wolfes durch die Gassen gehetzt, Blut, mein Gedanke, Blut, mein Durst, um dem gedrängten Herzen Luft zu machen.

Man erzählt von einer edlen Pferdeart, die, wenn sie erhitzt und aufgejagt ist, sich selbst aus Instinkt eine Ader aufbeißt, um sich zum Atem zu helfen. So tat ich, Wilhelm, da in mir noch Willenskraft und Beherrschung ist, das Blut anderer zu schonen. Mit dem Maule ritzte ich eine Ader mir und soff mein eigenes Blut. Daheim, in meiner Stube tat ich's, Nero war Zeuge. O könnt ich mir mit solchem Aderlaß doch die ewige Freiheit des Grabes schaffen!

Am 22. Juni.

Was mir der Minister schreibt, der Fürst, selbst der Erbprinz! Man hat mir den Abschied ungern gegeben, schätzt mich vor Ort, gleichwohl ist es geschehen und mein Abgang unaufschiebbar. Der Erbprinz hat mir fünfundzwanzig Dukaten geschickt, mit einem Worte, das mich gerührt hat; also brauche ich von Dir das Geld nicht, um das ich schrieb.

Heute gehe ich von hier ab, und weil mein Geburtsort nur sechs Meilen vom Weg liegt, will ich den auch wiedersehen, mich der alten, glücklichen Tage als Menschenkind erinnern, da ich von einer Verwandlung wie der meinigen selbst im schaurigsten Traume keine Vorstellung hatte. Nun ist es bald so weit, Wilhelm, ich spüre, der Mond füllt sich zum dritten Mal, und was dahinter liegt, ist düsterer als das Grab.

Am 23. Juni.

Ja wohl! Ich bin ein Wandrer nur, ein Waller auf der Erde! Seid ihr denn mehr?

Zu eben dem Tor geh ich hinein, aus dem meine Mutter mit mir, dem Bübchen, hinausfuhr, als sie nach dem Tod meines Vaters den lieben, traulichen Ort verließ, um sich in ihre unsägliche Stadt einzusperren. Wunderlich oft geht mir mein Vater auf dieser Wallfahrt nach meiner Heimat, der ich mich mit aller Andacht eines Pilgrims unterziehe, durch den Sinn. Er war ein redlicher Mann, meiner Mutter zugetan, doch etwas Wildes muß auch in ihm gewohnt haben, das sich in mir fortpflanzen mag. Sie erzählten in der Verwandtschaft von Raufhändeln meines Vaters, und ein Vorfall kommt mir zu Sinn, daß er, weil er seine Wut weder an Muttern noch an mir Kleinem abarbeiten wollte, den Schwellenstein unsres Hauses aus der Verankerung riß, einen Brocken von gewaltigem Ausmaß, diesen Fels mühelos übern Kopf erhob und mit furchtbarem Schrei in die Rabatte schleuderte, daß er erst im Rosengarten niederfiel. Drei Bediente, die mein Vater, wieder beruhigt, aufforderte, den Stein in seine alte Lage zu bringen, vermochten nicht, ihn um mehr als ein Geringes zu verrücken. Kann sein, Vaters Zornstein lag zwischen den Rosen, bis wir das Haus verlassen mußten, vielleicht liegt er noch heute da.

Der kraftvolle Mann wurde vom Schlag getroffen wie der gesunde Baum, den der Blitz über Nacht zur Krüppeleiche macht. Nie habe ich eine traurigere Verwandlung erlebt als die meines Vaters: heute strotzend von Leben, nach dem Inzident ein gramgebeugter Schatten, des Sprechens, Gehens nicht mehr mächtig, der Fähigkeit des Genießens beraubt. Gott schenkte ihm die Gnade, die Zernichtung seines wahren Selbst nicht lang zu überleben, er starb, wie er vorausgesagt, während der erste Schnee des Winters fiel.

Und ich? Wilhelm, während ich auf seinen Spuren wandle, drängt sich die Frage in wechselnden Varianten auf – wer soll ich werden, hinterher, wenn mich der Blitz ereilt? Werd ich zum Kraftwesen, wie mein Vater es vordem war, werde ich meiner Selbst noch eingedenk sein oder als geistloses Tier in den Wäldern hausen? Verhält sich mein Nero, der vermeintliche Dämonenwolf, so sehr anders als das allergewöhnlichste Hundstier? Er schläft auf der Schwelle, läuft an meiner Seite, wie es Hunde tun, verrichtet sein Geschäft. Ich hab ihn nie Besonderes vollführen sehen, im Guten wie im Üblen nicht. Wann bricht *das* aus ihm hervor, darob ich ihm nacheifern soll, wann wandelt er sich zum mächtigen Geistwesen, das den Wald, die schwärmende Natur beherrscht und gar den Menschen? Noch seh ich nichts davon, steh manchmal sinnend über einem Haufen Kot, den er zurückgelassen und frag mich, ob ich alles in allem gründlich getäuscht werde.

Solch zweiflerische Gedanken waren die meinen nicht am Tag, da ich die Heimat durchstreifte. An der großen Linde, die eine Viertelstunde vor der Ortschaft steht, steig ich vom Pferd, um zu Fuß jede Erinnerung neu, lebhaft, nach meinem Herzen zu kosten. Ich weile unter der Linde, die als Knabe Ziel und Grenze meiner Spaziergänge gewesen. Wie anders! Damals sehnte ich mich in glücklicher Unwissenheit hinaus in die unbekannte Welt, wo ich für mein Sein so viel Genuß hoffte, meinen Busen auszufüllen und zu befriedigen. Jetzt komme ich aus der Welt zurück – doch bin ich noch im Stande, mich *Ich* zu nennen? Wer ist das, der sich des Kindes erinnert, das staunend ins Leben taumelte? War in jenem Kleinen der Fürchterliche schon angelegt, vor dessen Existenz mir graut? Womit, so frag ich mich, vertändelte wohl ein Frauenmörder, als er noch Kind war, seine Zeit? An welchem Bachlauf spielte Attila, der Hunne, hatte er einen geliebten Hund, ein Lieblingspferd? Was machte ihn zum grausamen Völkerschänder, dem das Leben Tausender nichts galt? Nicht jeder muß, vom Dämon gebissen, zum Dämonen werden – was bringt einen Menschen dem Bösen näher, und dem anderen ist's vergönnt, in den Gefilden des Gutseins zu wandeln? Ist Frieden auf Erden wahrhaft das, was der Mensch erstrebt, ist ihm nicht vielmehr wohl dabei, in der Sünde sich zu suhlen, von der er mit Gottes Hilfe wieder und wieder sich reinigen kann?

Mit wunderlichen Gedanken dieser Art komme ich der Stadt näher, die alten Gartenhäuschen werden von mir gegrüßt, die neuen sind mir zuwider. Im Hingehen merke ich, daß die Schulstube, wo ein ehrliches Weib uns Schreihälse zusammengepfercht, in einen Kramladen umgewandelt ist. Ich gehe den Fluß hinab bis an einen gewissen Hof, das war das Plätzchen, wo wir Knaben uns übten, die meisten Sprünge flacher Steine im Wasser hervorzubringen. Ich erinnere mich, wie ich manchmal da gestanden und dem Wasser nachsah, mir die Gegenden vorstellte, wo es hinflösse, bis ich mich ganz im Anschauen einer unsichtbaren Ferne verlor. Sieh, Lieber, was nutzt es uns, so viel zu wissen! Herrlich beschränkt und glücklich waren die Altväter, die über die Grenze ihres Dorfes niemals hinaussahen – so kindlich ihr Gefühl! Wenn Ulyß von dem ungemeßnen Meer und der unendlichen Erde spricht: das ist so wahr, menschlich, innig, eng und geheimnisvoll. Was hilft mich's, daß ich jetzt mit jedem Schulknaben nachsagen kann, daß sie rund sei? Der Mensch braucht nur wenige Erdschollen, um darauf zu genießen, noch weniger, drunter zu ruhn.

Wo ich hin will? fragst Du, frag ich mich unausgesetzt. Kenn ich die Antwort doch. Von hier aus, habe ich mir zurechtgelegt, ist es kein Weites mehr, daß ich die Bergwerke im * *schen besuchen kann, so mach ich's mir zumindest weis. Ist aber im Grunde nichts daran, ich will nur Lotten wieder näher, das ist alles. Dahin ist mein Gelübde, sie zu lassen und mich in weiteste Distanz zur Schönen zu begeben. Der Magnetberg kommt mir zu Sinn, ein ungehorsamer Schiffer bin ich, der den gefährlichen Anziehungsort nicht meidet, wie er soll, lieber untergeht, als dem verheißungsvollen Berge abzuschwören. Ich habe mich bemüht, Wilhelm, redlich bin ich im Hamsterrad gelaufen, doch wie Petrus, der, ehe der Hahn dreimal gekräht, den Heiland verriet, verrate ich meinen Schwur, eh sich der Mond zum dritten Male füllt. Ich lache über mein eigenes Herz – und tu ihm seinen Willen.

Am 25. Juni.

Nein, es ist gut! ist alles gut! – Ich – ihr Mann! O Gott, der du mich machtest – o Dämon, der mich zerstört, wenn du mir diese Seligkeit bereiten würdest, mein ganzes verbleibendes Leben sollte ein anhaltendes Gebet sein – ob an geheiligtem oder unheilgem Altar, mir wär es einerlei, wo ich bete! Ich will nicht rechten, verzeihe mir diese Tränen, verzeihe mir meine verderblichen Wünsche! – Sie meine Frau! Wenn ich das liebste Geschöpf unter der Sonne in meine Arme schlösse – es geht mir ein Schauder durch den ganzen Körper.

Darf ich es sagen? Warum nicht! Sie würde bei mir glücklicher werden als mit ihm! Albert ist nicht der Mensch, die Wünsche dieses wilden Frauenherzens zu erfüllen! Ein gänzlicher Mangel an Fühlbarkeit hängt ihm an, ein Mangel, daß sein Herz nicht aufwallt bei Eindrücken wie einem undurchdringlichen Wald, einem Blitzstrahl, einer zertretenen Kröte, in der die Ameisen wühlen. Albert liebt Lotten von ganzem Herzen, doch keine Leidenschaft vermag je größer zu werden als das Herz, dessen sie sich bemächtigt – und Alberts Herz, das weiß ich, ist zu klein für das Charlottens. Meins dagegen wär imstande, das Wunder ihrer Person in sich aufzunehmen.

Meine Tränen sind getrocknet, ich gehe, sie wiederzusehn.

Desselben Tages.

Alle Menschen werden in ihren Hoffnungen getäuscht, in ihren Erwartungen betrogen.

Unterwegs zu Lotten traf ich ein mir bekanntes junges Weib unter der Linde. Sie sah niedergeschlagen aus, ihr erstes Wort war: Guter Herr, mein Hans ist mir gestorben. Er war der jüngste ihrer Knaben. – Und mein Mann, sagte sie, ist aus der Schweiz zurück und hat nichts mitgebracht, hatte sich herausbetteln müssen, er hat das Fieber unterwegs gekriegt.

Ich konnte ihr darauf nichts sagen und schenkte dem Kleinen etwas, sie bat mich, einige Äpfel anzunehmen, was ich tat und den Ort des traurigen Andenkens verließ. Wie ich weitergehe, ist mir's mit einem Mal, als wollte der freudige Blick des Lebens mir wieder aufdämmern. Nur für Augenblicke. Während ich mich in diesem sekundenhaften Glück verliere, kann ich mich des Gedankens nicht erwehren: Und wenn Albert stürbe? Wenn er gar schon gestorben wäre in den Wochen, die ich dem Landkreis fern? Viele sterben, Wilhelm, ohne die Mühn und Qualen einer Krankheit an sich heranzulassen, verabschieden sich in aller Schlichtheit, als sei ihnen gar nichts am Leben gelegen. Beim einen ist's das Herz, das wie ein vergeßlicher Scholast zu schlagen vergißt, ein unumkehrbarer Ausfall des Gehirns ist es beim andern. In diesem Moment noch da, sind sie Teil des Lebendigen, und schon im nächsten – sie mögen ihr Glas gehoben oder ein Lied geträllert haben, oder nur der Verdauung stattgeben – da durchfährt sie die Schwärze!

Jeder von uns erlebt das Ausschließen der Welt in einem fort, nämlich wenn wir mit den Wimpern schlagen. So hell und klar ein Tag uns scheint, schließen wir blinzelnd die Lider, ist er verschwunden, für den Moment. Gleich öffnen wir sie wieder, dann ist auch Tag und Welt wieder um uns.

Wenn aber die Umnachtung von Dauer ist, wenn Gott sagt, jetzt *bist du*, Freund, jetzt bist du gewesen, so muß es sein. Warum sollte es mit Albert nicht genauso sein? Wär's so, würde ich in den Park des Jagdhauses treten, Lottchen liefe mir nicht in Weiß entgegen, sondern käme gemessenen Schrittes, von oben bis unten schwarz gekleidet, bleich würde sie das Auge zu mir heben, die Pupille vom Schmerz verdunkelt, und sagen: Werther, guter Werther, Albert ist tot. Mein Verlobter ist gegangen, ach, er starb in so jungen Jahren, und nun bin ich allein.

Nicht allein, würde ich erwidern, Ihr Vater blieb Ihnen ja, Ihre Geschwister und so mancher Freund. Mehr würde ich nicht andeuten, es bedeutete ja genug. Würde heimgehen, die schwarzen Sachen aus der Truhe nehmen, mich in Trauer hüllen und innerlich doch jubilieren! ja, er ist tot, er war redlich und gewissenhaft – es tut mir leid um ihn, mehr ist über Albert nicht zu sagen. Er war einer von vielen, ich aber, bin ich nicht auserwählt? Meine Horizonte sind so weit gespannt, daß ich dir, Lotte, bald neue Perspektiven öffnen werde, übermenschlich menschliche! Und eines nicht fernen Tages wirst du den Trauerflor ablegen und ein neues Kapitel im Lebensbuch aufschlagen, das heißen wird: Werther!

So ging's mir eine ganze Weile, Wilhelm, ich verlor mich im Traumgeflecht meiner Wünsche und ward so froh und zuversichtlich bei der Vorstellung, daß ich das Jagdhaus in Trauer vorfinden könnte, daß mich ein staunender Ausruf nicht gleich erreichte:

– Ist's möglich? rief er und wiederholte es: Ist es möglich, seh ich Seine Durchlaucht, den Herrn Gesandtschaftssekretär vor mir?

Als ich aufblicke, steht Albert am Tor, die Flinte unterm Arm, als habe er seit meinem Aufbruch Wache gehalten. Albert, rosig und gesund, durch keine inneren Stürme gebeugt, durch keinen Zweifel angekränkelt – o er wird hundert Jahre werden! durchfuhr's mich, während ich die Arme ausbreitete und mich herzlich begrüßen ließ.

Während er mich an seinen Busen drückt, schau ich ihm über die Schulter und erkenne den Weg, die Allee, die ich zum ersten Male fuhr, damals, als ich Lotte zum Tanze holte; kein Wink dieser glückseligen, hoffnungsdurchtränkten Welt blieb in mir zurück. Mir ist, als ob ich in ein ausgebranntes, zerstörtes Schloß wiederkehrte, das ich als blühender Jüngling gebaut und mit allen Gaben der Herrlichkeit ausgestattet. Ich begreif es nicht, daß ein anderer sie liebhaben *kann*, liebhaben *darf*, da ich sie ganz allein, so innig, so vollkommen liebe, nichts kenne, noch weiß, noch habe als sie!

Am 27. Juni.

Über die erste Begegnung mit ihr mag ich nicht radotieren – wozu die Gebetsmühle abnutzen? Es ist nicht anders und wird niemals anders sein, sie greift in mein Gemüt wie sonst keine lebendige Seele. Sinnlos war es, von ihr fortzueilen, sinnlos, rückzukehren; auf die Fahne meiner Existenz steht *Charlotte* geschrieben, sie ist's, der ich mich weihe und ewiglich unterwerfe. Während der Stunden unseres Wiedersehens, da nichts anders, alles wie früher war, danke ich Gott, der mich bald allem *menschlichen* Sehnen entheben wird: über- untermenschlich mag ich werden, mir ist es einerlei, wenn nur der Schmerz endloser Hoffnungslosigkeit künftig mir erspart bleibt! Da saß ich gesittet und sehnte mich nach der Wolfsexistenz, hoffte, der Mond möge rascher reifen, daß ich verschwinden kann aus meinem Dasein, gleichsam hinüberspränge in das nächste.

Ich will Dir von einer Begebenheit erzählen, Wilhelm, die Licht, nicht nur auf meine seelische Veränderung, auch auf die moralische Sonderheit wirft. Ich ging ins Jagdhaus, Lottens Vater zu besuchen, der von einem Übel befallen worden, das ihn in der Stube hält. Als ich anlange, finde ich das

Haus in einiger Bewegung und erfahre, drüben im Weiler sei einer erschlagen worden. Ich sehe Lotten damit beschäftigt, dem Alten zuzureden, der ungeachtet seiner Krankheit hinüber will, um vor Ort die Tat zu untersuchen. Der Täter ist noch unbekannt, man fand den Erschlagenen des Morgens vor der Haustür und hat Mutmaßungen: der Entleibte war Knecht einer Witwe, die vorher einen anderen in Dienst gehabt, der mit Unfrieden geschieden war. Als ich dies höre, fahr ich mit Heftigkeit auf, ich muß hinüber, kann keinen Augenblick bei Lotten weilen.

Als ich durch die Linden muß, um nach der Schenke zu kommen, wo sie den Körper hingelegt, entsetz ich mich vor dem geliebten Platze: jene Schwelle, die ich mit Lotten oft überschritten, ist mit Blut besudelt. Die Bäume stehen voll im Laub, die Hecken, die sich über die Kirchhofmauer wölben, sind von rosigen Blüten geziert, die Grabsteine dahinter wirken friedlich beschattet – nur in der Szene, die ich vorfinde, ist Frieden mitnichten. Als ich nähergehe, entsteht mit eins Geschrei, ich erblicke einen Trupp bewaffneter Männer, ein jeder ruft, daß man den Täter jetzt herbeiführt. Es ist jener Knecht, der bei der Witwe vordem in Dienst gestanden und von dem ich erfahren habe, daß er seine Herrin heimlich geliebt.

– Was hast du begangen, Unglückseliger! ruf ich aus, daß jeder im Umkreis es hören kann. Wahrhaftig, Wilhelm! Dein Werther, der Menschenansammlung haßt und jede Belustigung meidet, bei der gegafft, geschmäht wird, dieser Werther schreit den Unglücklichen an, der die Tat begangen haben soll – und warum? weil sie aus Liebe geschah! Ohne mit Einzelnem vertraut zu sein, mutmaße ich, was das Motiv des Unseligen gewesen, und mein Instinkt trifft just ins Schwarze.

Der gefangene Knecht sieht mich still und lange an und versetzt schließlich gelassen: Keiner wird sie haben, wenn ich es nicht bin, und sie wird keinen haben, außer ich wär's.

Man bringt ihn in die Schenke, ich stehe vom Donner gerührt. Der Satz ging mir durch Mark und Bein, könnte er genausogut über meinem Schicksal stehn. Sollte ich je um einen Grabspruch verlegen sein, den man über meinen Gebeinen aufpflanzen mag, der müßt es sein: *Keiner wird sie haben, wenn ich es nicht bin. Sie wird keinen haben, außer ich wär's.*

Die Einsicht des schlichten Mannes macht mich rasend, erhellt sie doch, was ich in solcher Klarheit nicht einzugestehen wage. Aus meiner Traurigkeit, meinem Mißmut war ich mit eins gerissen, kraftvoll bemächtigt sich meiner die Teilnehmung, und es ergreift mich Begierde, diesen Mann zu retten. Ich versetze mich so tief in seine Lage, daß ich zuversichtlich bin, auch alle andern von seiner Schuldlosigkeit zu überzeugen. Als ob ich nicht ein Besucher, sondern gleichsam Jupiter selber wäre, der zu richten und zu rächen kommt, stürme ich in die Schenke, wünsche für ihn zu sprechen, der lebhafteste Vortrag drängt sich nach meinen Lippen. Da finde ich Albert in der Stube gegenwärtig. Das verstimmt mich, doch faß ich mich gleich wieder und trage dem Amtmann, der bereits eingetroffen, feurig meine Gesinnung vor. Dieser schüttelt, vom Auftritt eines weitgehend Fremden brüskiert, energisch das Haupt. Obgleich ich mit der größten Lebhaftigkeit, Leidenschaft und Wahrheit alles vorbringe, was ein Mensch zur Entschuldigung eines Menschen sagen kann, ist, wie sich leicht denken läßt, der Amtmann dadurch nicht gerührt. Er läßt mich nicht ausreden, widerspricht unter Einsatz seiner Autorität und tadelt mich, daß ich einen Meuchelmörder in Schutz nehme. Er pocht darauf, daß durch mein gefühlsmäßiges Urteilen jedes Gesetz aufgehoben und alle Sicherheit des Staates zugrund gerichtet werde.

Ja und tausendmal! schreit's in mir bei seinen Worten, die Gesetze solch eines mitleidlosen, fühllosen Staates sollen fallen, jene angenommene Sicherheit, die Menschen in ihrer schlotternden Erbärmlichkeit aufrichten, möge bröckeln, wie selbst die stolzeste Stadt doch eines Tages niederstürzen und verrotten und vom dichten Dschungel überwuchert wird!

Der Amtmann setzt hinzu, daß ich in der Sache nichts tun könne, ohne mir größte, mich selbst belastende Verantwortung aufzuladen. Dabei sieht er mich dümmlich an, alles müsse in Ordnung, in dem vorgeschriebenen Gang ablaufen.

Ich gebe mich noch nicht drein, bitte, irrwitzigster Idee Raum bietend, der Amtmann möge durch die Finger sehn, wenn ich dem Beschuldigten zur Flucht behülflich wäre. Auch damit weist der Mann brüsk mich ab, und Albert, der sich ins Gespräch mischt, tritt auf des Büttels Seite.

– Werther, wie wird dir! ruft er entrüstet.

Ich hätte wissen müssen, daß der Brave in seinem Innern kein Schlupfloch findet, sich meiner Sicht des Falles zu eröffnen. Was er darauf in Gegenwart des Amtmanns über die Sache des Gefangenen spricht, ist mir höchst zuwider, ich meine gar eine Empfindlichkeit Alberts gegen mich darin zu bemerken. Was hilft es also, wenn ich sage, Albert ist brav und gut, wo sein Gehaben mein Eingeweide doch zerreißt; ich kann ihm gegenüber gerecht nicht sein.

– Seid ihr alle tot und abgestorben, daß ihr die Not dieses verschmähten Herzens nicht ahnt? rufe ich in die Schenke, schreie ich Albert entgegen. Knechtet euch das Leben so sehr unter dem Gestirn der Freudlosigkeit, daß ihr einem Seelenschrei wie jenem gänzlich taub gegenübersteht?

Was ich im Zustand glühenden Zorns und bebender Überzeugung auch vorbringe, ich werde überstimmt, mehr noch, mein Credo wird als unmoralisch eingestuft. Den Blick, den Albert mir beim Hinaustreten schenkt, werd ich schnell nicht vergessen. Man bringt den Täter, der mich befremdet mustert, fort. Der Amtmann macht sich mit ihm auf den Weg, nachdem er zu mir gesagt:

– Auf keinen Fall, er ist nicht zu retten.

Wie sehr schnitten diese Worte in meinen Busen, später sagt ich sie insgeheim und unausgesetzt zu mir selbst: Unglücklicher, du bist nicht zu retten. Sieh endlich ein, daß du nicht zu retten bist!

Am 29. Juni.

Nun ist es offenbar!

Bester Freund, man wollte es mir verheimlichen – aus Rücksicht auf mein schicklich verborgenes, aber klar zutage tretendes Gefühl für Lotten, so nehme ich zumindest an. Vielleicht verschwieg man mir's auch, weil ich mich im Fall des Meuchelmörders so merkwürdig unstatthaft benommen.

Wovon ich spreche? Von Lottens Vermählung natürlich. Der Hochzeitstag ist festgesetzt und fällt – o Wilhelm! just auf den Tag, der auf die Vollmondnacht folgen wird. Soll ich, muß ich Dir mein Gefühl berichten? Es ist dem Malstrom gleich, der alles verschlingt, verdreht, was in seine Nähe kommt. Ich hätte nicht geglaubt, daß ich mich so wenig auf Erden, statt dessen lodernd in Flammen, in aufgewühltem Wasser, im Sturm befinde, der mich und alles, was Ich gewesen, zerreißt!

Dabei danke ich Albert, daß er mich betrogen und das Datum, das seit Wochen feststeht, so lange vor mir fernhielt.

Ich hatte mir vor langem vorgenommen, an jenem Tag, wenn Lotte endgültig für mich verloren, ihren von mir verfertigten Schattenriß von der Wand zu nehmen und ihn unter anderm Papiere zu begraben. Nun werden die zwei ein Paar, und der Scherenschnitt hängt immer noch. Er soll bleiben – und warum nicht? Was ihr beiden auch tun mögt, wie sehr ihr euch dreht und Gott mit seinem Sakrament zum Notar eurer Sache macht, ich bin in Lottens Herzen, hab mich darin eingegraben! Sie mag es nicht zugeben und nach außen tun, als hätte ich den zweiten Platz in ihrer Gunst – sie lügt!

Wilhelm! jedesmal, wenn die unendliche Natur zu mir spricht, weiß ich – Lotte liebt mich! Sie heiratet Albert, weil ihre geschärften Sinne ihr zutragen, ich sei zu mächtig für sie, könnte sie überwuchern, dann wäre zu wenig von ihr selbst noch übrig. Sie heiratet Albert – ich begreif es verzweifelnd, zugleich hohnlachend, weil er ihr unterlegen! Ich mache ihr Angst, vor mir bricht sie schaudernd ins Knie, nur so, Wilhelm! kommt ihr Entschluß zustande. Indem sie mich für zu groß hält und von sich stößt, zernichtet sie mich für immer. O daß ich's nicht erlebt hätte! daß ich schon als Tier durch die Wälder gestreift, wenn Lotte von Albert den Ring angesteckt bekommt und das Wort spricht, das die Erde unter mir zum Einsturz bringt: Ja!

Ich kann nicht mehr, Wilhelm! weiß nicht, wie ich Beherrschung finden, Besinnung gewinnen soll, wo die Nacht meiner Entmenschlichung und der Tag ihrer Heimführung aufeinanderfolgen. Ich habe Nero meine Not geklagt, war auf dem Weg zur Heilerin, sie ein weiteres Mal nach Rat zu fragen – was fruchtet es! Sie wird sagen, was sie damals gesagt: Mein Auftrag ist Verzicht, zum Dämonenwolf werde ich nur um den Preis des Opfers. Indem ich Lotten ihren Frieden lasse, wird die dunkle Seite des Wolfes gebannt, und die hellichte tritt hervor.

Zur Hölle damit – hell mag ich nicht sein! Wenn ich zur Bestie bestimmt bin, will ich dies Dasein bis in jeden Winkel hinein kosten! Nicht jammern und im Verzicht mich suhlen – geifern muß ich, brennen, verglühen und alles mit mir reißen, was mich niederzieht! Ein Geschöpf des Heils? nimmermehr! Ich lache der Heilerin Hohn, will nicht Gutes tun, morden will ich, gerechtfertigt, wie jener Knecht getan, der nun den Tod dafür erleidet. Mir aber ist nicht Tod geweissagt, sondern herausgehobnes Leben: so wird jede Untat, die ich begehe, geadelt, wie blutrünstig und widernatürlich sie auch sei!

Am 1. Juli.

Ich war beim Grafen. Anders als bei jenem ersten Mal, da Nero mich geweckt, fuhr ich von selbst aus unheiligem Schlaf. Da ich den Hund suche, ihn um Führung bitten will, finde ich ihn nicht. Ich geh hinaus, das Pferd zu satteln, doch als ich mit der Fackel ins Freie trete, durchpulst mich Gewißheit, ich bedürfe des Gaules nicht. Wozu ein gezähmtes Tier sich untertan machen, wenn das eigentliche Tier in mir schlummert? Falsch! mit dem Schlummernden ist's vorbei, ich *bin* Tier – Wilhelm! ich behaupte es stolz. Das Fakkellicht schimmert auf meinem glänzenden Leib, ich leide es nicht, Beinkleider und Stiefel überzustreifen, anderer Häute bedarf ich nicht mehr, meine Haut zu schützen. Abgehärtet wie der Büffel, widerstandsfähig wie der Wolf bin ich, die sommers wie winters im Freien verweilen – heiß ist die Julinacht!

Als ich das erste Mal im Traum durch den Wald gesprungen, war mir der Weg kurz vorgekommen, diesmal bin ich wirklich und leibhaft unterwegs. Wer leitet mich, woher weiß ich, welche Richtung einschlagen? Ich weiß es einfach, Freund! jener *Andere* in mir weiß es, der Ursprüngliche, der

Instinkt. Ich hetze durch die Nacht, kein Mond zeigt sich, ich brauche ihn nicht, folge der Witterung und – wäre es nicht ein abgenutztes Bild – müßte ich sagen, ich folge dem Ruf des Blutes.

Es gibt das Schloß, ich kann es Dir versichern, ist kein Trugbild, keine Traumgeburt. Verfallen liegt es da, und doch wohnt ihm Leben inne, selbst wenn es die Behausung eines Toten ist. Da ich speichelnd vor dem Gemäuer halte, stoß ich ein Geheul aus, mein Hemd, ich merk es, ward mir im Dickicht vom Leib gerissen, nackt springe ich in den Innenhof, nackt die Treppe hoch und erreiche mit einem Keuchen den großen Saal.

Der Graf hat sich verwandelt – oder ist es mein Auge, das ihn verwandelt sieht? Nicht länger das Bild seiner Vergangenheit, der würdige Herr, Sproß eines Geschlechts, das bis in die Staufferzeit zurückreicht – er ist ein Wolfskönig worden, unbekleidet wie ich, aufrecht auf zwei Beinen, von Kopf bis Fuß mit Fell bedeckt, schwarz gleich mir, nur auf der Brust, im Schritt und an den Ohren ist sein Pelz ergraut. Jetzt, da ich ihm nicht träumend, sondern wahrhaft gegenübertrete, mag es mir auch nicht märchenhaft erscheinen, daß der Graf als Wolf zu mir spricht. Seine Schnauze öffnet sich, gefährliche Zähne schimmern darin, Geifer spiegelt sich im Schein der Fackeln.

– Dein Ziel ist fast erreicht, spricht er. Komm nur auf letzter Strecke nicht vom Wege ab.

Ich nähere mich ihm mit zwei Sprüngen. – Du unterwirfst mich der Lebensform eines ungezähmten Tieres, willst mich naturgegebne Wildheit aber nicht kosten lassen, heul ich. Du sagst, ich sei ein *guter* Wolf – enträtsel mir das Paradox! Der Wolf ist Raubtier, hetzt die Beute, stellt sie, beißt sie tot. Ich aber soll mit dem Herzen Wolf sein, im Benehmen aber weiter als wohlerzogner Mensch hindümpeln! Was bin ich, Vieh oder Edelmann, schlag ich meine Zähne in Alberts Hals und entledige mich des Buhlen, oder greif ich mit artig gestutzten Fingernägeln den Homer vom Regal, ergetz mich an schönen Gedanken und erscheine im Sonntagsanzug bei Charlottens Hochzeit?

– Das Mädchen ist dein Golgatha, antwortet der gräfliche Wolf. Indem du den Kalvarienberg überwindest, wirst du des Geschenkes des Dämonenwolfes würdig.

– Geschenk! ich lache. – Ein Fluch, der mich tief und tiefer hineingeraten läßt! Schon argwöhnen die Dorfbewohner, die Menschen im Jagdhaus, argwöhnt Albert, daß es mit mir nicht rechtens zugeht. Wenn ich nicht Acht hab, geschieht mir's wie dem armen Sünder, der, in die Festung geworfen, bald zum Schafott geführt wird.

– Wo ist dein Amulett, fragt der Graf. Er tut es zu Recht, hab ich die merkwürdige Münze doch fast vergessen. Nachdem ich sie von der Heilerin entgegengenommen und ich meinem Wahlheim rasch entfloh, nachdem ich mit dem Gesandten zu Hofe gereist, hatte ich des Talismans nicht mehr gedacht. Wahrscheinlich findet er sich in meiner Reisetruhe unter anderm Zeug.

– Suche das Amulett, fährt der Graf fort, lege es um den Hals. Wenn es den Schmerz deiner Begierden lindert, wirst du leichter imstande sein, den Verzicht zu leisten, der die Krone deiner Verwandlung darstellt.

– Die Krone ist Lottchen! erwidre ich. Ob als Wolf oder als Mensch, ohne sie bin ich nichts. Wozu sind Kräfte mir gegeben, von denen kein Sterblicher träumen darf, wenn ich sie unterdrücken muß?

Der Graf erhebt die Pranke. – Nur wer die Macht des Dämonenwolfs in sich zügelt, besitzt sie zu Recht.

Das sind Worte, die ich nicht hören mag, will nach dem Gesetz nicht leben, das der Graf errichtet. Fürs erste füg ich mich, versichere dem Wolfsmann, das Amulett zu suchen und mich seiner zu bedienen. Damit endet mein Besuch, der mich so ratlos zurückläßt, wie ich ihn begonnen.

Vor meinem Haus, es dämmert, erwartet mich Nero. Er trägt, glaub es, Freund, oder nicht, die Münze an ledernem Band im Maul. Auch er will mich zähmen. Kannst Du's ermessen? sie lassen mich zum Tier werden, und verbieten mir's zugleich, gaukeln mir Wildheit vor und sperren mich in den Käfig. Wie will, wie soll ich es nur ertragen!

Am 4. Juli.

Wie die Natur sich zum Herbste neigt, wird es Herbst in mir und um mich her. Meine Blätter werden gelb, um nächstens abzufallen. Du staunst, wenn Du dies liest, da wir uns prallsten Sommers ja erfreun. Was also fasle ich vom Herbstlichen?

Liebster Bruder, ich trage das Amulett drei Tage schon und lasse es seine Wirkung tun. Wie ich sonst Baldriankraut in Wasser löse, vor dem Zubettgehen trinke und seine Wirkung einsetzen spüre, schenkt mir der Talisman der Heilerin Schlaffheit, Melancholie – doch Frieden nimmermehr. Die wilden Gelüste, Bilder von Brunft und Leidenschaft lodern ungelöscht, sie werden nur durch künstliche Sanftheit niedergehalten. Mit stiller Traurigkeit schleich ich durch die Stunden, bedaure mich ein wenig, esse mäßig, trinke Wasser, sitze am Feuer – an Julitagen! – die Hände zwischen die Beine geklemmt oder nehm mir den Homer oder den lieblicheren Ossian zur Hand, laß mich von linden Gedankenblüten ergetzen.

Ossian verdrängt aus meinem Herzen, was da noch knurrend und aufsäßig gegen mein Schicksal gewesen. In eine dämmerige Welt entführt mich der Gute! Zu wandern über die Heide, inmitten von Nebeln die Geister der Väter zu schaun, zu hören vom Gebirge halb verwehtes Ächzen der Verblichenen und den leisen Jammer des Mädchens auf moosbedecktem Stein – das ist wohltuend, erbauend, Lieber, ist herrlich unangestrengt. Wenn ich auf Ossians Spuren dem wandelnden grauen Barden folge, der auf weiter Heide die Fußstapfen seiner Väter sucht und ach! wimmernd nach dem Stern des Abends hinblickt, möchte ich mich gern von der zückenden Qual seines und meines langsam absterbenden Lebens befreien und dem Halbgott im Buche meine besänftigte, schläferige Seele hinterher gleich senden.

Ich sehe Lotten häufiger als vordem, da der Schmerz sich verflüchtigt, der mir's unerträglich ankommen ließ, in ihrer Gegenwart, und doch nicht der Ihre zu sein. So sind wir letzten Abend zusammen gewesen, spielen mit den Kleinen ein Pfänderspiel, später gebe ich ein Märchen zum Besten, das die Kinder, auch Lotten in reizendes Gelächter ausbrechen läßt. Ich bin zugegen, als sie die Kleinen in den Schlaf singt, steuere eine ungekünstelte Terzenstimme zum Schlaflied bei. Danach sitzen wir traulich am Feuer, der alte Mann verabschiedet sich bald zur Ruh.

Lotte und ich! Wie hätte ich mich noch vor Tagen nach solcher Zweisamkeit gesehnt, wie hätte es mein schmerzlich sehnendes Herz in Aufruhr gebracht! Nun aber stochere ich mit dem Haken in der Glut, den Rock hab ich um die Schultern hängen, als ob ich fröstelte.

– Wollen wir hinaus, die Sterne betrachten, sagt Lotte. Dann erzählen Sie mir, was Sie von den Sternbildern wissen. Die Gute scheint unruhig, sommerlich ausgelassen, sie mag nicht wie zur Winterszeit dasitzen, und plaudernd verstreicht die Zeit.

Ich erfülle ihren Wunsch. Auf der Terrasse, den Arm erhoben, zeige ich ihr Cassiopeia und Vega, verrate, daß sie Sterne erster Ordnung sind, beantworte Lottens Frage, ob unsere Erde, von der Vega aus betrachtet, auch so leuchten müsse, und sage, uns sei keine Leuchtkraft gegeben, wir glänzten nur im Licht der höheren Kraft, unserer Sonne. Ohne sie wären wir dunkel und öde, darum sieht der Mann auf der Vega nicht jenen Trabanten, Erde genannt, er sieht, inmitten tausend anderer Sonnen, die unsere, weil sie seit Abermillionen von Jahren ihr Leuchtfeuer in den Himmel sendet, daß es in fernste Regionen vordringt.

– Wie traurig, sagt Lotte, daß in uns kein eigenes Feuer brennt.

– Dann wären wir verschmort und ausgebrannt. Ich schmunzle bei dem Disput.

– Es wär doch schön, wenn wir so brennen könnten! Lotte sieht auf zu mir, ihre Wangen sind von ansprechendem Rot, sie lächelt nicht huldvoll, wie ich's gewohnt, wenn Albert in ihrer Gegenwart, sie lacht frech, herausfordernd, ich spüre, sie erwartet mehr von mir, als daß ich von Sternen schwadroniere. Lottchen legt ihre liebliche Hand neben meine auf die Brüstung, ihr kleiner Finger berührt den meinen – Freund! wenn ich, vor Tagen noch, solche Anzeichen ihrer

Zuneigung erfahren hätte, heißa! hätt da mein Herz gelacht. Wie hätte ich mich in den Taumel geworfen, ihren Finger, die Hand, das ganze Mädchen mit Küssen überschüttet, und wäre ich nicht noch weiter gegangen? Hätte ich ihr nicht in glühenden Worten gestanden, was sich seit langem in mir angesammelt, sich aufbäumt und hervorquellen will, um sie mit meiner Liebe zu netzen! Wär ich nicht Manns genug gewesen, Lotte zu fassen, wie sie da stand, ihren Leib auf die Brüstung zu biegen und mir fliegend, schreiend zu nehmen, was mir zugedacht, seit ich zum ersten Mal auf jenem Ball die Lippen auf ihre Hand gepreßt und Lotte mich erschauernd ansah! Ich hätte es getan und es tun sollen! wäre das gottverdammte Amulett nicht wie Blei auf meiner Brust gelegen, hätte es seine erschlaffende Wirkung nicht in mir verbreitet, die mich schwerfällig, schwer von Begriff, schwer reizbar machte!

Da Lottchen vom *Brennen* redet und mit ihrem Finger den meinen anstippt, da sie wartet, bangt, da ich, niederschauend, die wild schlagende Ader an ihrem Hals erblicke, verstehe ich die Anzeichen zwar allesamt, nehme aber gesittet die Hand vom Balkon und antworte ungefähr: So viele Rätsel sind in der Natur, es ist an uns nicht, sie zu lüften.

– Ist doch an uns! ruft sie aus. Wer, wenn nicht wir, die Lebenden, Leidenden, sollten sie lüften? Keck schaut sie mich an, und was tu ich, Tropf, den ein Gott zerschmettern möge! Erwidre kühl ihren Blick und frage: Wo befindet sich Albert heute abend?

Ihre Miene wird ernst, sie beißt die Lippen aufeinander, weiß nicht, was sagen, meine Fühllosigkeit beleidigt sie. Dann reißt auch sie die Hand zurück.

– Ich hatte ihm einen Zettel aufs Land geschickt, wo er sich in Geschäften aufhält. Wollt Ihr wissen, was ich geschrieben? Herausfordernd hebt sie das Köpfchen: *Bester, Lieber, kommen Sie sobald Sie können, ich erwarte Sie mit tausend Freuden.* Sie schweigt.

– Nun, warum ist er nicht gekommen?

– Gewisse Umstände, antwortet sie, er bleibt dort über Nacht. Was wäre geschehen, Werther, wenn dieser Zettel in falsche Hände gelangt?

– Falsche, in wessen Hände?

– Vielleicht in Eure. Ihr Blick ist unverwandt, die Pupille nachtschwarz.

– Was die Einbildungskraft doch für ein göttlich Geschenk ist! rufe ich lachend aus. Ich hätte mir unter dem Umstand, den Ihr schildert, einen Augenblick lang vorspiegeln können, als wäre der Zettel an mich geschrieben!

– Nun, und? Ihr Augen sind lockende Seen, die Lippen öffnen sich, ihr geschmeidiger Körper drängt heran.

– Es würde mir geschmeichelt haben, antworte ich. Doch im nächsten Moment würde ich wissen, daß ich nur einer Grille aufgesessen.

– Weshalb? Ihr Atem geht schnell.

– Das fragt Ihr, die Ihr in wenigen Tagen Albert angetraut werdet? Ach Lotte, Ihr spottet mein, ich dulde es nicht.

Wie ein Kamerad biete ich ihr darauf den Arm, daß wir hineingehen. – Merken will ich mir Eure Schrulle, füge ich hinzu, könnte sie zum Besten geben auf dem Hochzeitsfest, wenn's an mir ist, eine Rede zu Ehren des Brautpaares zu halten.

– Tut das, antwortet Lotte, eine Traurigkeit ist in ihrer Stimme, wie ich sie niemals gehört. Mit schleppenden Schritten folgt sie mir in die matt erleuchtete Stube, ich verabschiede mich sogleich, reite heim und schlafe die Nacht wie der allergewöhnlichste Gerechte.

Freund! ich weine, da ich die Zeilen überlese. Was für ein Tor bin ich gewesen, schlimmer, was für ein Weichling! Ich mag mich den ganzen Tag nicht anschauen im Spiegel, und im Geist bespucke ich mich für dieses Abenteuer, das keines war.

Am 6. Juli.

Ich habe das Amulett abgetan – Du hättest die Wirkung sehen sollen, Bester! Unter der erschlafften Oberfläche rumort es nämlich, wie ein furunkulöses Bein nach außen angehn mag, während unter der Haut Eiter und entzündende Stoffe ihr Unwesen treiben und nächstens hervorquellen werden. Da ich die geheimnisvolle Münze vom Hals nehme, sie gesittet auf den Waschtisch lege, faucht's mich aus dem Spiegel an, meine Züge – Freund! verzerren sich zur Fratze, die mich in den Abgrund meiner verdammten Seele schauen läßt. Ein fürchterlicher Dämon blickt mich an – das bin ich worden! durchschauert's mich. Das ist das Ungeheuer, das die Macht über mich erobert und nicht länger warten will, vollends Besitz von mir zu nehmen. Ist das die Kraft, von der Graf von W. sprach? Ist es das Gift, das sein Gegengift in sich trägt, der Erreger, der als quälendes Fieber hervorbrechen muß, ehe Heilung einsetzt? Ich habe Mühe, es zu glauben, bin voll Furcht, daß ich unausweichlich in den Schlund des Bösen hinabgesaugt werden und keiner Erlösung teilhaftig sein könnte. In meiner Bewegtheit wischte ich den Talisman vom Tisch, nun stürz ich hin, geifernd und unerhörte Laute ausstoßend, zwing mich, die verkrampften Finger darum zu schließen und mir das Lederband erneut um den Hals zu legen. Ich wälze mich vor Schmerz auf dem Rücken, der Dämon duldet's nicht, eingekerkert, eingeschläfert zu werden, unter Qualen widersteh ich ihm, endlich ruht das Amulett nahe dem Herzen.

Wie ein Sturm sich manchmal von einer Sekunde zur nächsten legt, ohne daß wir erklären möchten, wer dem Gebraus Einhalt gebietet, hört das Wühlen und Umwälzen auf, sanft wird mir's zumute, erleichtert streck ich mich aus und bleibe eine Weile so liegen.

Daß ich fortan unbeschadet zu Lotte eilen kann, fällt mir ein; ich bin geschützt, gefeit vor mir selbst und meinen Begierden. Ist das nicht schöner, Wilhelm, als in ihrer Nähe immer unter der Pein meiner Wünsche zu leiden?

Leichten Sinns kleide ich mich an, habe meinen blauen einfachen Frack, in dem ich zum ersten Mal mit ihr tanzte, abgetan und mir einen neuen machen lassen, Kragen und Aufschlag wie den vorigen, und auch wieder so gelbe Weste und Beinkleider dazu. So angetan reite ich zum Jagdhaus, unterwegs pocht das Amulett mit jedem Sprung des Rößleins an meine Brust, als wollte es sagen: Du tust gut daran, mich zu tragen.

Ich will es glauben, Bester, gesittet steige ich ab, lasse dem Stallmeister meinen Braunen, setze die Füße artig auf geharktem Kies zu ihrer Tür hin. Als Lottchen mir öffnet, beuge ich in vollendeter Höflichkeit den Rücken, ergreife ihre Hand und hauche einen Kuß darauf, ohne Bedeutung und Schwere dareinzulegen. Wir plaudern Dinge vom Tage, ich erkunde mich nach dem Verlobten. Er sei noch in Geschäften unterwegs, obwohl dringende Fragen der Hochzeit zu besprechen wären. Er überließe, so Lotte, alles weitgehend ihr, was ihr schmeichle, sie manchmal aber auch seufzen lasse. Der Haushalt, die Geschwister, der kränkelnde Vater, nun noch die Heiratsumständlichkeiten – es werde ihr wahrlich zu viel. Ich biete Hilfe an, was sie ablehnt, doch meinen Vorschlag, ein Stündchen durch den sommerlichen Wald zu streifen, nimmt sie gern an.

Früher wäre mir ein Waldspaziergang mit ihr als Geschenk des Himmels erschienen, jeden Schritt neben der Angebeteten hätte ich heilig empfunden. Nun nimmt sie einfach ihr Halstuch, läßt den Kapotthut bei der Hitze hängen, und nebeneinander ziehen wir hinaus. Wir durchwandern den Buchenwald, wegen der anhaltenden Wärme sind viele Blätter gelb, schließlich erreichen wir den kühleren Tann. Hier hängt ein Geruch von erwärmtem Reisig, Charlotte schnuppert.

– Das ist der Sommer, sagt sie, an diesem Geruch erkenn ich ihn am besten. Ohne Umstand nimmt sie meine Hand. – Wie schön, Werther, so mit Ihnen zu gehen. Ich wollte, Albert hätte mehr Zeit für dies stille Vergnügen.

– Er ist eben ein Knecht seines Erfolgs, antworte ich ohne Häme.

– Manchmal wünscht ich, er könnte sein wie Sie, lieber Werther. Sie nehmen jeden Tag, wie er sich bietet, verbiegen, strecken oder stauchen ihn nicht, Sie ergeben sich ganz in die Natur.

Solche Einsicht von ihr zu erfahren! herrlicher noch, sie *lieber Werther* sagen zu hören. Es ging mir durch Mark und Bein, ich drückte die kleine Hand, lasse sie dann aber los.

Wir kommen tief in den Wald hinter P. hinein; mit eins schleicht sich ein neuer, ungekannter Geruch in meinen Sinn. Ich heb den Kopf, krause die Nase und wittre, wie ich's bei Nero manchmal gesehen. Ich täusche mich nicht, dort nähert sich was, das diesen Wäldern gewöhnlich nicht innewohnt. Wir sind auf einem Eselssteig, der uns in die Klamm hineingeführt. In der Tiefe rauscht der Bach, rechts steigt die Felswand, an der Tannenwurzeln sich festkrallen.

– Was kommt Ihnen bei, was verziehen Sie so ungewohnt Ihr Gesicht? fragt meine Weggefährtin.

– Still. Ich fasse ihren Arm, wende mich in die Richtung, nun hebt auch Lottchen den Kopf. Doch ist das Wasserrauschen zu laut, als daß man anderes hörte.

– Dort! schreit sie, drängt sich an mich und zeigt zu der Enge, die wir soeben durchschritten.

Auf allen vieren kommt ein Bär heran, dessen Größe mir unglaubhaft erscheint. Wurden Bären in diesen Bergen nicht zuletzt vor langer Zeit gesehen? Sie sollen sich in die unwegsamen Gebirge um H. zurückgezogen haben, und nie hörte ich den alten Förster sagen, er hätte in seinen Tagen einen Bären erlegt.

– Was tun wir? haucht Lotte. Laufen wir?

– Würden ihn damit nur zu gleichem Lauf anstacheln, geb ich zurück. Ich sehe die ungangbaren Felsen empor. –

Zu überhängend, zu feucht der Stein, rede ich mir den Versuch aus, uns auf eine Klippe in der Höhe zu retten.

– Ins Wasser? Sie zeigt auf die Flut.

Ich erwäge es; da ist der Bär schon so nah heran, daß er uns wittert. Er steht, die zottige Tatze in der Luft erhoben, schaut uns an, menschlichen Anblicks so wenig gewohnt, wie wir den seinen. Einen Augenblick scheint es, er würde kehrt machen und uns das Wegerecht lassen. Der Blick des Bären macht Lotte schaudern, sie schmiegt sich noch dichter an mich. Die Bewegung mag den Bären aufgeschreckt haben; der Jäger erwacht in ihm, er steigt auf die Hinterbeine, richtet sich auf. Wilhelm! in Büchern hat man uns solches bildhaft gemacht, nie hätte ich aber erwartet, daß die Höhe eines stehenden Bären so furchteinflößend sein könnte. Zwölf, dreizehn Fuß mißt er, mächtig die Brust, der ergraute Bauch, gewaltig die Pranken, die er drohend hebt. Dazu brüllt er und fletscht er, daß Lotten fast die Sinne schwinden.

– Gott, steh uns bei! Ihr Gesicht ist meinem nah; da ich den Kopf senke, berühren sich unversehens unsere Lippen.

– Lotte, liebe Lotte, ich kann uns retten, flüstre ich in das liebe Gesicht.

– Wie, Werther? Habt Ihr eine Waffe dabei, ich hätte beim Fortgehen keine an Euch gesehen. Ich schüttle das Haupt.

– Wollt Ihr mit bloßen Händen? Sie erschauert. – Nimmermehr, Werther!

– Bevor ich es wage, müßt Ihr mir versprechen, Euch über das, dessen ihr gewahr werdet, nicht zu ängsten noch zu wundern. Es ist ein Vorgang, der absonderlich, dabei doch Teil der Natur ist. Niemals, beste, gute Lotte, hätte ich Euch mein Schicksal offenbart, doch die Sache will's, Euer Leben muß ich retten, so wenig das meinige mir bedeutet.

– Werther, er verwirrt mich! Dabei läßt Lottchen den Bären nicht außer Acht, der die Drohgebärde aufgibt, vornüber auf alle viere stürzt und auf uns losprescht.

– Vertraut mir, Lotte! schrei ich, packe das lederne Bändel am Hals und reiße es ab. Ich will das Medaillon in die Flut schleudern, besinne mich und drück es in Charlottens Hand. Noch ehe das Metall die meinige verläßt, spür ich einsetzende Verwandlung. Der Dämon frohlockt, aus dem Käfig gelassen zu werden, und sprengt die Kette, die ich ihm angelegt.

Flehend seh ich Charlotten an: Ich bin's nicht, Lotte, hauch ich, das Überwesen ist es! Verzeiht, Lotte, verzeiht!

Ich sinke zu Boden, von jenem vertrauten Schmerz durchlodert, er streckt mich, ich schrumpfe, mein Schädel verformt sich, mein Auge sieht die Borsten sprießen, ich frag mich, wie es Lotten anmuten mag, solches zu schauen! Die Klauen, die schwarze Wolle an mir, ich spür die Wirbel hochspringen, fühle, wie mein Becken Tierstellung einnimmt, die Beine schrumpfen, zugleich kräftiger werden, ich seh meine Kleidung von mir abfallen – nackt, nackt! schaut mich die Geliebte. Es bleibt keine Zeit, der Vorstellung etwas Genußvolles abzugewinnen – der Bär ist heran, der Bär kommt meinem Mädchen zu nah, ist mein Feind, muß mein Feind sein.

Blitzschnell wende ich mich dem Giganten zu, ehe er sich auf Lotten stürzen kann, bin ich in seiner Flanke, so unversehens, daß er aufheult. Sein Galopp verliert das Ziel, der Bär taumelt zur Seite. Nur überrascht habe ich ihn, nicht verwundet. Brüllend erkennt er den Gegner und greift an. Das Vieh, Wilhelm, es ist zu schaurig! hat zehnmal mehr Masse als ich. Schwer und kraftvoll, gewaltig stürzt sich der Schwarzbraune auf mich; ein ganzes Rudel Hunde hätte es gebraucht, einen Bären im Kampf unschädlich zu machen, ich aber steh ihm allein gegenüber. Versichere mich, daß Lotte in eine Felsgrotte zurückweicht und von dort dem tödlichen Schauspiel beiwohnt. Ich muß Dir's bekennen: daß sie mein Publikum war, mich kämpfen sieht, gibt mir Kräfte, die ich noch nie erprobt. Ich bin nicht nur Wolf, auch Dämon, nur der Dämon kann die Bestie zu Fall bringen. Mut und Kraft schießen mir ein. Statt seinen Angriff zu erwarten, werf ich mich selber auf ihn. Such die Weichteile zu fassen, ein Schlag seiner Tatze, lässig hingesetzt, schleudert mich weit zur Seite. Beinah werde ich in die Tiefe gerissen. Setz meine Krallen ein, beiß mich im Moos fest, finde Halt und stürze erneut auf ihn los.

Ich erspare Dir, Freund, den schauderhaften Zweikampf, der nun folgt. Da ich zu schreiben imstande bin, magst Du ahnen, daß mich der Bär nicht bezwungen, ich seinen machtvollen Klauen, dem tödlichen Biß des größten lebenden Räubers nicht zum Opfer gefallen. Ich kann nicht sagen, ob es der Dämon gewesen, der mir die Fähigkeit zukommen ließ, das Rettende zur rechten Sekunde zu tun, jedenfalls setze ich zu einem mächtigen Sprung an, nämlich vom Moosgrund auf die Felswand, diese gleichsam als Widerstand nutzend, und weiter zum Bären hin. Ich erwische ihn an der Gurgel, er sucht mich abzustreifen, eisern schließ ich die Klammer meiner Zähne um seinen Kehlkopf, höre es knacken, schmecke Bärenblut auf meiner Zunge und beiß fester zu, so ausdauernd, bis der Bär unter mir wankt, röchelt, bis ihn die Verwundung der Kräfte beraubt, er gegen den Felsen sinkt und endlich vornüber. Rechtzeitig laß ich ihn los, sonst hätte der Bär mich begraben, springe zu Boden, sehe ihn neben mir aufprallen – wie da die Erde zittert, Wilhelm! Er zuckt, rührt sich noch, ich bin über seinem Genick und vollende mit einem einzigen Biß das Waidwerk. Ich habe den Großen besiegt, der Bär ist tot.

Ist zu ermessen, was Lotte fühlen muß, als sie, Schritt vor Schritt setzend, auf die grause Szene zukommt? Ich habe ihr Leben gerettet, doch um welchen Preis? Nun weiß sie, daß der junge Mann, den sie Monate in ihrem Hause geduldet, eine gefährliche Bestie ist, stark genug, einen Bären zu töten. Niemals kann es zwischen uns wieder so sein, wie es vor Minuten gewesen. Ich bin nicht Werther, bin ein anderer, vor dem sie, wenn sie erst wieder bei Sinnen, sich abgrundtief fürchten, ekeln muß. Die Sache wollte es, Wilhelm, da ist kein Zweifel, ich habe das Leben der Einzigen gerettet, um die mein Herz schlägt, ich würde es hundertmal wieder tun. Doch das Blutfest ist vorbei, die Wirklichkeit des Sommertages umfängt uns, keuchend kauere ich über dem Bären, Lotte erreicht mich, beugt sich zu mir.

– Seit wann, sag mir, Werther, erfuhrst du dies Schicksal?

Antworten will ich, knurre, fletsche nur, bin noch nicht, kann noch nicht Mensch sein. Mit einem Hundstier soll die Geliebte nicht sprechen, soll aus meinem Mund erfahren, was wahr ist. Ich geb mir unendliche Mühe – und wirklich, Worte formen sich, undeutlich, da mein Wolfsmaul nicht zum Reden gemacht ist, aber ich vermag auszusprechen, was der Mensch denkt; das Tier spricht!

– Kurz vor dem Abend war's, als wir uns zum ersten Mal sahen. Da hat der Dämon Besitz von mir ergriffen, seit dannen werde ich zu dem, was Ihr vor Euch seht.

– O guter Werther, spricht das liebe Kind und bricht in Tränen aus. Weißt du noch, unsere erste Kutschfahrt, das erste Gespräch?

– Müßt Ihr mich erinnern? Ich trau mich ihr das ersehnte Du noch nicht zu sagen.

– Sprach ich da nicht von Geschöpfen, die zwischen der hiesigen und einer nächsten Welt gefangen sind? Sagte ich nicht, daß es Kreaturen gibt, die außerhalb unseres engen Verständnisses ein Dasein führen, sagte es zu dir, der du selbst so ein Wesen! Werther, Werther! wie wird mir, wie dank ich dir, daß du dich mir offenbarst, zugleich, daß du mein Leben gerettet! O es ist Wahnsinn, Wonne, Sturz und hochfliegender Traum in einem!

Damit, Wilhelm! sinkt sie zu mir herab, umfaßt meinen pelzigen Leib und drückt den allerherrlichsten Kuß auf die Schnauze des allererstauntesten Hundes. Mein Mädchen küßt mich, Freund, da ich nicht der bin, der ich sein wollte, sondern der, den ich vor aller Welt zu verbergen suche! Sie herzt und drückt mich und preßt ihren Leib gegen mich. – Werther! seufzt sie ein ums andere Mal und läßt nicht ab, bis ich den seligen Kuß erwidere, meine Tatzen um sie lege, bis sich mein Hundeleib aufbäumend über sie wirft. Wir liegen weich, unter uns der Bärenkörper, der unser Lager, unser Liebesbett wird. So erfahr ich das Glück, Wilhelm, das nimmermehr das meine werden sollte, nicht auf feinen Kissen und unter damastenen Laken, erfahr es im Blutgesudel auf dem Waldboden, hingeräkelt auf einem Bärenfell, das noch nicht abgehäutet.

Später, es dunkelt schon, kommen wir auf, sehen uns an, Blut allüber uns, lächeln still, sagen nichts, was das Wunder zerstören möchte. Ich habe mich, in menschliche Liebe ergossen, zum Menschen zurückgewandelt – noch kann ich's ja, noch ist der Vollmond nicht über der Welt. Gesittet kleidet ein jeder sich an, da steh ich im blauen Frack, sie im hellen Sommergewand, wir nehmen uns an der Hand und gehen, den Sommerwald, Wald der Liebe, aneinandergeschmiegt, zu verlassen.

Desselben Abends.

Ach, der Freude! o des Glücks! Nie hätte ich gehofft, Wilhelm, Dich, der Du all mein Wehklagen ertragen mußtest, auch des Jubels teilhaftig werden zu lassen.

Doch was ist das? Für unser Elend finden wir tausend Worte, Farben, Nuancen, füllen Seiten, Bände mit Schilderungen bedrückender Gefühle: für das Glück jedoch haben wir nur einen Ausdruck, ein Jauchzen, und rasch ist es gesagt – ich bin so glücklich! Merkwürdig, daß der Mensch, auf den Gipfel höchster Hoffnung gelangt, um sich schaut, das Beschreibbare liegt unter ihm, über ihm die klare Luft der Glückseligkeit. In dieser Reinheit bin ich, geliebter Bruder, und fühle, da ich sie teilen will, dieselbe bereits schwinden. So ist das Glück, wir erleben es nur, indem wir seiner nicht eingedenk, und sind wir's, schwindet es schon im Wind.

Ich rufe mir in Erinnerung, wie Lotte es genannt, wie es dem klugen, lebensvollen Mädchen über die Lippen kam: *O es ist Wahnsinn, Wonne, Sturz und hochfliegender Traum in einem!* So ist der Mensch, er nimmt das wonniglichste Glück, betrachtet's eine Weile, legt es beiseite und will das nächste. Jetzt, da mein Sehnen nach *einem* Kuß, *einer* Umarmung der Geliebten himmelstürmende Wirklichkeit geworden, sinne ich darüber, wie ich all ihre Küsse und Umarmungen auf mich ziehen könnte, auf immerdar. Darf sie denn, frag ich, da sie dem Wolf im Wald ihre Liebe geschenkt, den Stutzer weiterlieben? Ist ihr Bund mit Albert im Augenblick unserer Vereinigung nicht in Luft aufgegangen, ist es nicht meine, Lottens Pflicht, dem unglücklichen Manne zu bekennen, was vorgefallen, mit Bedauern, doch deutlich machend, welche Folgen sich daraus ergeben? Das Hochzeitsdatum – ohne Bedeutung, das Verlöbnis – aufzulösen, Lottens und Alberts Lebensplan – neu zu bedenken, jeder für sich. Vieles ist zu deuten, manches zu erklären, die Sache wird einigen Sturm entfesseln. Sturm im Wasserglas, da Lotte zwar den einen nicht, den andern jedoch um so lieber heiratet, und so wird gefeiert werden, in jedem Fall. Der Förster mag murren, da ich nicht so wohl bestallt bin wie Albert, doch er wird sich dreingeben, wenn die innig geliebte Tochter ihn darum bittet.

Ich meinerseits muß beim Grafen von W. darum ansuchen, den Werwolfsfluch, und sei er hundertmal ein Geschenk, wieder von mir zu nehmen. Denn so es Wege gibt, mich in des Dämonen Bann zu tun, muß es Mittel zu seiner Überwindung geben. Jedes Märchen, jede Sage lehrt uns: der Königssohn hat dies und das zu bestehen, sodann löst sich der Fluch in sein Gegenteil auf. Konnte ich bis heute an das Märchenhafte meines Zustandes glauben, mag mir die Auflösung des Märchens ebenso zugute kommen. Hab ich nicht Lottens Leben gerettet, war dies nicht die befreiende Tat, die mein lichtes Inneres zutage fördert? Der friedensspendende Wolf sprach aus mir, den dämonischen habe ich abgestreift, darf hoffen, die Bestie hinter mir zu lassen und fürderhin als Mensch wieder zu wandeln. Wilhelm! ich habe mir's fest vorgenommen, den Grafen um die Lösung unseres mitternächtlichen Kontraktes zu bitten, will dem Vollmond zuvorkommen, ihm ein Schnippchen schlagen. Als reiner Mensch will ich aufblicken, wenn er sich zeigt, und damit Schluß von diesem Kapitel meines Lebens.

Am 7. Juli.

Unerklärlich, Freund, ich habe das Schloß im Wald nicht finden können. Da ich mich aufmache, den Braunen sattle, um schneller anzulangen, da ich den Tann auf nächtlichem Weg durchreite, sehe ich viele Anzeichen, die ich mir gemerkt, den geknickten Baum, merkwürdiges Felsgetürm – doch auch nach stundenlangem Suchen will sich das Schloß nicht zeigen. Ich kehre um, treibe den Braunen hierhin und dahin, die Bergrücken hoch, will, den Wald überblickend, den Standort der Ruine erspähen – keine Spur davon, als hätte das Schloß nie bestanden oder verberge sich vor mir. Mir kommt die Sage zu Sinn, Wilhelm, die von Montsalvatsch erzählt und dem nutzlosen Bemühen Parzivals, den Ort zu finden, von dem der wunde König Amfortas ihm berichtet. Parzival vermag es nicht, ehe er nicht würdig, den Gral zu schauen, dann erst findet er, ohne zu suchen.

Mein Gral ist Lotte, auf ihrem Altar habe ich jedes erdenkbare Opfer gebracht: bin fortgeritten, habe Dienst in der Fremde genommen, hab mich ferngehalten, mich ihr nicht eröffnet, Stunde um Stunde, Tag um Tag! all die Wochen geschwiegen, und hätte weiter mein Liebesleid bezwungen, wäre das Bärenvieh nicht brüllend aus dem Wald gestürzt, das mich zwang, die Gestalt zu wechseln. Ich habe die Prüfung bestanden! so sprech ich zu mir, während ich bis zum Rand der Nacht den Wald durchstreife, bis mein Pferd nicht weiterkann und ich es am Zügel heimwärts führe. Dort sinke ich auf die Knie und bete, Wilhelm! nach wie langem zum ersten Mal: Herr, der du mir die eine, nach der mein Dasein drängt, zugeführt, löse den Bann, der mich zu etwas macht, das dein göttlicher Plan nicht einschließt, halb Mensch, halb Tier – Vater, erlöse mich!

Lautlos bleibt es im Haus, lautlos ist die ganze Welt. Zweifelnd, ob mein Ruf gehört wurde, sinke ich auf die Bettstatt und ergebe mich elenden Gedanken.

Mein Führer – das habe ich zu berichten vergessen, der gute Nero, ist seit dem Zeitpunkt, an dem alles sich in Glückseligkeit gewandelt, unauffindbar. Heimkehrend finde ich die Stube leer, auch am Waldrand entdeck ich ihn nicht, rufe, warte, daß er von selbst sich zeigt – vergebens. Soll ich's als Zeichen nehmen, daß nicht nur der Hund, auch der Dämon sich verflüchtiget hat? Ich will es, Wilhelm! will von dem guten Hund Abschied nehmen, wenn nur damit auch der Spuk verfliegt!

Am 8. Juli.

Von Lotten hab ich kein Wort gehört, denke mir nichts dabei, es ist verständlich: sie hat schwere Aussprache zu bestehen, muß dem Vater, Albert die Stirn bieten, muß alles, was als selbstverständlich angenommen, jetzo umkrempeln. Wieso kommt sie nicht um Beistand zu mir? Bin ich der nicht, der alle Veränderung ausgelöst, muß *ich* nicht Rede und Antwort stehen, dem gewesenen Verlobten, dem Brautvater, allen hier? Lottens Schweigen macht mir die Tage schwer, Freund, hundertmal will ich hinüberfliegen, mich zu erkundigen, wie die Sache steht, was ich tun soll, zu ihrem guten Ende beizutragen. Ich bezwinge mich. Geduld erkenn ich als schönste Tugend von einem, der den Wolf in sich bezwingen und beweisen will, daß er in die menschliche Gemeinschaft zurückgekehrt. – –

Ich ertrug's nicht, mußte hin, Wilhelm, zu ihrem Haus! Zweimal vierundzwanzig Stunden sind fast verstrichen – mir schienen's vierundzwanzig Jahre! Wissen mußte ich, was vorgeht.

Es ist Abend, ich finde die Fenster erleuchtet, vor dem

Haus steht Alberts Kutsche, der Bräutigam ist zurückgekehrt. In welcher Verfassung ist er, sind sie alle im Jagdhaus? Soll ich eintreten, unbedarft tun und warten, wie man mir begegnet? Soll ich Lotten in der Abgeschiedenheit ein Zeichen machen, ihr bedeuten, daß ich im Dickicht ihrer Befehle harre? Ich laufe hin, kehre um, verschanze mich im Buchenhain, laufe heimlich an das Haus heran – Freund! ich betrage mich wie ein Hund, der die Wurst gestohlen hat und nicht wagt, seinem Herrn zu begegnen. Nimmermehr! Stellen will ich mich und mannhaft nehmen, was auch kommt.

Der Herausgeber an den Leser.

Wie sehr wünschten wir, daß von den merkwürdigen späten Tagen unseres Freundes so viele eigenhändige Zeugnisse übriggeblieben wären, daß wir nicht nötig hätten, die Folge seiner hinterlassenen Briefe durch Erzählung zu unterbrechen.

Wir haben uns angelegen sein lassen, genaue Nachricht aus dem Mund derer zu sammeln, die von den Begebnissen wohl unterrichtet waren. Es kommen alle Schilderungen bis auf wenige Kleinigkeiten miteinander überein. Was bleibt uns übrig, als Erfahrenes gewissenhaft zu notieren und das kleinste aufgefundne Blättchen nicht geringzuachten, zumal es schwer ist, die wahren Triebfedern von Handlungen zu entdecken, wenn sie unter Menschen vorgehen, die nicht gemeiner Art sind.

Fräulein Charlotte hatte die letzten Nächte nicht geschlafen. Was sie befürchtet, drängte, an die Oberfläche gelangt, zu einer Entscheidung in einem Umfang, den sie kaum voraussehen konnte. Ihr sonst so rein und leicht fließendes Blut war in einer fieberhaften Empörung, tausenderlei Empfindungen zerrütteten das schöne Herz. War es das Feuer von

Werthers Umarmung, das sie im Busen fühlte? Sie wußte, daß dem nicht so war, hatte sie doch nicht den jungen Mann von Stand und Adel umarmt, den Gebildeten mit den angegriffenen Nerven, sondern – man ist geneigt zu sagen: im Gegenteil – den Urwüchsigen, Wilden, den tierhaft Brachialen. Zwar hatte Charlotte einen solchen in Werthern vermutet; viele Merkmale waren ihr aufgefallen, die sie zu einem Charakterbild des Ungewöhnlichen zusammenfaßte, doch keinesfalls hatte das Fräulein geahnt, wie tief der Abgrund war, aus dem Werthers Seele sich formte, sein Wesen sich speiste.

War es Unwille über Werthers Verschlagenheit, ihr sein wahres Selbst so lange verborgen zu halten, was Charlotte die Ausgeglichenheit raubte, war es Unmut über Werthers Verwegenheit, sich ihr in so erschreckender Verwandlung zu offenbaren und in seiner Tierhaftigkeit das Animalische auch in Charlotten zu wecken?

Denn es ist etwas anderes, in Büchern und Geschichten von Kreaturen zu lesen, deren Seelenverformung nicht zum Üblen, sondern zum Heil ausschlägt, weshalb sie Erschreckendes zu leiden haben, am guten Ende aber erlöst werden mögen. Lotte fragte sich, ob Werther solcher Erlösung teilhaftig würde, da er zwar die Heldenhaftigkeit besessen, über den grausen Bären zu siegen, sich im nächsten Augenblick aber zum Tier herabgelassen hatte, das sich seines körperlichen Vorteils bediente, die Jungfräulichkeit der Geretteten zu beschmutzen. Daß Lotte selbst die Ermächtigung zu solcher Leidenschaft in Werther ausgelöst und nichts unternommen hatte, sie zu unterbinden, mag eine vage Anfechtung in ihr gewesen sein, die sie mithilfe widerstreitender Argumente niederrang.

Vor allen Dingen war es die mißmutige Vergleichung ihres gegenwärtigen Zustands mit den Tagen unbefangener Unschuld, was das Fräulein beschäftigte. Wo wollte das hin, die Aufgewühltheit und Zerrissenheit, die sie an sich nicht kannte, und mit der sie nicht das Mindeste anzufangen wußte. Wie sollte sie, bar ihrer selbst, dem Verlobten entgegengehen? wie ihm eine Szene bekennen, für die es keine Worte gab, und die zu gestehen sie sich nicht traute? Sie hatten Tage nichts voneinander gehört, nicht gesprochen; nun sollte die unerhörte Nachricht die erste sein, die das Stillschweigen brechen, das Unaussprechliche zur Unzeit vortragen würde? Lotte fürchtete, daß der bloße Bericht über den Spaziergang mit Werthern – ohne Begleitperson im Wald! Albert einen unangenehmen Eindruck machen würde, nun gar die Katastrophe!

Durfte sie hoffen, daß ihr Verlobter diese im rechten Licht sehen und ohne Vorurteil aufnehmen würde? Durfte sie hoffen, daß Albert den Zusammenhang zwischen dem Tier, zu dem Werther werden *mußte,* um den Bären zu besiegen, und dem Tier, das er war, als er sich ihrer liebestrunken bemächtigte, herstellen und sachlich urteilen würde, wie es sonst seine Art? Konnte Lotte sich verstellen gegen den Mann, vor dem sie immer wie ein kristallhelles Glas offen und frei gestanden, und dem sie keine ihrer Empfindungen jemals verheimlicht, noch – und das zählte! verheimlichen hatte können? Eins und das andere machten ihr Sorge, setzten sie in tiefe Verlegenheit. Immer kehrten ihre Gedanken wieder zu Werthern, der für sie verloren war, da er eine Grenze der Gehörigkeit durchbrochen hatte, die Charlotten heilig war, weshalb sie ihn leider sich selbst überlassen mußte, genau wie das Ereignis, um das es ging, ewig im finstern Wald eingesperrt bleiben sollte. Der tote Bär in seinem Blut, der fletschende Wolf und die hingebungsvolle Jungfrau mußten für immer als Geheimnis zwischen den dunklen Tannen verschwinden. So lange würde Lotte über das Gewesene hinwegsehen, es in ihrem Herzen beiseite schieben, bis es eines Tages tatsächlich nicht mehr *war*, und dieser Tag, spürte sie, war nicht fern. Sie wollte Hochzeit halten wie geplant, wie jeder im Umkreis es erwartete und wie Lotte es in fast jeder Minute als richtig und schicklich empfand. Über kurze Abschweifungen ihrer Sehnsucht mochte hinweggesehen werden.

So geschah es. Albert kam zurück. Lotte ging ihm in verlegener Hastigkeit, doch innerlich mit bester Absicht entgegen. Der Verlobte war nicht heiter, sein Geschäft war nicht vollbracht, er hatte an dem Widerpartner einen unbiegsamen, kleinmütigen Menschen gefunden. Albert fragte, ob etwas vorgefallen sei, und sie antwortete: Werther sei gestern nachmittags dagewesen. Er fragte, ob Briefe gekommen und erhielt zur Antwort, daß ein Brief und Pakete auf seiner Stube lägen. Er ging, Lotte blieb allein, was ihr recht war, denn einer, der nichts hören wollte, dem sollte man auch nichts sagen. Die Gegenwart des Mannes, den sie ehrte, dem sie sich angehörig fühlte, brachte den Eindruck der Festigkeit in ihr Herz. Eingedenk seiner Sachlichkeit, seiner verständigen Güte und Ausgeglichenheit beruhigte sich auch Lottens Gemüt, sie fühlte den deutlichen Zug, Albert zu folgen, nahm ihre Stickerei zur Hand und ging auf sein Zimmer. Sie fand Albert beschäftigt, die Pakete zu erbrechen und zu lesen. Einige schienen nicht das Angenehmste zu enthalten. Sie tat Fragen an ihn, die er kurz, aber liebenswürdig beantwortete, während er sich an sein Pult stellte, um zu schreiben.

Sie waren auf diese Weise eine Stunde nebeneinander, und Lotte fühlte, wie schwer, wie unmöglich es ihr sein würde, dem Verlobten, auch wenn er bei bestem Humor wäre, zu entdecken, was ihr trotz aller Beschönigung am Herzen lag. Während sie abermals das Für und Wider in sich auf die Waagschale legte, ihre Wehmut vor Albert zu verbergen suchte und sich hinter ihrem Stickrahmen verbarg, während sie ihre Tränen verschluckte, kam der Bediente und kündete, Werther lasse sich melden.

Der Unmut an Albert war nicht zu übersehen, Lotte meinte ein Wort wie: er schon wieder! zu verstehen, Albert ließ fragen, was zu Diensten stünde, er sei in unaufschiebbaren Geschäften, und seine Verlobte fühle sich nicht wohl. Der Diener ging und kehrte wieder, Werther bitte um Nachsicht, zugleich dringend um Einlaß, eine Angelegenheit von größter Bedeutung erlaube keinen Aufschub.

Das Wort setzte Lotte in Verlegenheit, ihre Ahnungen schossen kreuz und quer, daß der Busen sich heftig hob und senkte. Albert, der es bemerkte, wollte dem Diener abermals abschlägige Botschaft auf den Weg geben, Lotte aber, die der Klärung nicht länger aus dem Weg zu gehen sich in der Stimmung fand, legte die Hand auf den Arm des Verlobten.

– Was wird es schon sein? eine von Werthers Grillen, sagte sie. Er gibt ja doch nicht Ruhe, als bis wir ihn angehört.

Da lächelte Albert über den klugen Witz seiner Braut und nickte dem Diener zustimmend, der forteilte, Werther zu holen.

Von dessen Verworrenheit und Leidenschaft, von seiner Lebensmüdigkeit sind einige hinterlassene Briefe die stärksten Zeugnisse, die wir hier einrücken wollen.

Am 9. Juli.

Sie sieht nicht, sie fühlt nicht, daß sie ein Gift bereitet, das mich zugrunde richtet! Was soll mir der gütige Blick, mit dem sie mich gestern angesehen? Was soll die Gefälligkeit, womit sie den Ausdruck meines Gefühls aufgenommen – des größten, wildesten, des allumfassendsten Gefühls, Wilhelm! Ein Mitleiden war's von ihrer Seite, eine Beschwichtigung dessen, was zu bekennen ich ins Jagdhaus getreten.

Als ich auf sie zugehe, reicht sie mir die Hand und sagt: Guten Abend, Werther. Es fuhr mir durch Mark und Bein, denn sie behandelte mich mit der liebenswürdigsten Gleichgültigkeit, die sich vorstellen läßt, und nicht wie einen Geliebten, einen Bräutigam, dessen Wolfsbraut sie sein soll auf immerdar! Fühlt sie, was ich dulde? Weshalb ihre Unnahbarkeit? Ihr kühler Blick dringt mir tief durchs Herz: voll des innigsten Anteils, doch von Glut und Feuer einer unanfechtbaren Liebe ist nichts in ihren Augen. Freund! ich wollt mir schier die Brust zerreißen und das Gehirn einstoßen ob der Abtrennung, die sie zwischen uns vollzieht. Daß man einander so wenig sein kann, nach dem Einzigartigen, das wir gewesen, da wir ineinander verschmolzen! Die Liebe und Hitze, die Freude und Wonnigkeit, die mir ihr im Wald darzubringen erlaubt gewesen, verbietet sie mir jetzt in Wort und Gesten. Dagegen scheint sie mit ganzem Herzen und voll Seligkeit ihren Verlobten anzusehen, ihn beglücken zu wünschen.

Als wollte sie die Qual noch steigern, schenkt sie ihre Aufmerksamkeit dem Kanarienvogel, der, bei geöffneter Käfigtür, ihr auf die Schulter fliegt. Ein lieber Freund, nennt sie ihn und lockt ihn auf ihre Hand.

– Er tut gar zu lieb! Sehen Sie, wenn ich ihm Brot gebe, flattert er mit den Flügeln und pickt so artig. Er küßt mich regelrecht, sehen Sie!

Als sie dem Tierchen den Mund hinhält, drückt es sich lieblich an die süßen Lippen, als könnte es Seligkeit fühlen.

– Er soll auch Sie küssen, sagt Lotte und reicht den Vogel herüber. Ich spüre zwar, daß Albert, der während meines Besuchs bleich und abwesend wirkt, keinen Gefallen an dem tierischen Experiment findet, lasse Lotte aber, sprachlos von ihrer inneren Abkehr, gewähren. Das Schnäbelchen des Kanari macht den Weg von ihrem Mund zu meinem, die pickende Berührung ist wie ein Hauch, eine Ahnung liebevollen Genusses, den ich gehabt, Wilhelm! und tausendmal inniger, liebender, uferloser.

– Sein Kuß, kann ich mich nicht enthalten zu sagen, ist nicht ganz ohne Begierde. Er sucht Nahrung und kehrt unbefriedigt von der leeren Liebkosung zurück.

– Er ißt mir auch aus dem Munde, antwortet Lotte, als hätte sie keine Mutmaßung, was ich damit zu sagen versuche. Sie reicht ihm darauf Brosamen mit den Lippen und lächelt voll unschuldig teilnehmender Liebe, als hätte sie unsere blutvollen Küsse im Wald nie erlebt oder vollständig vergessen.

Ich kehrte das Gesicht weg, Wilhelm! konnte nicht länger hinschaun, wie sie ein unschuldiges Tier küßt, mich aber nicht. Sie soll meine Einbildungskraft nicht mit geheuchelten Bildern himmlischer Unschuld reizen, mein Blut so mächtig in Wallung bringen, daß ich nicht an mich halten und den *anderen* hervorlassen möchte – das soll sie, darf sie nicht!

Also nehme ich meinen Abschied anders als vorgehabt: nicht der Überbringer bitterer, zugleich erhellender Nachricht für Albert bin ich gewesen, nicht derjenige, der Lotte als Braut freit und bald heimgeführt hätte – als Gefoppter stammele ich meine Gutnachtworte, taumle über die Schwelle, ins Freie, Unendliche, in den unfaßbaren Schmerz.

Am 10. Juli.

Früh hab ich einen Brief geschrieben, Wilhelm, versiegelt und auf den Schreibtisch gelegt, ihn später selbst zu Lottens Haus zu tragen. Nun hab ich das Siegel erbrochen und lege Dir die Blätter bei.

Freund! ich danke Deiner Liebe, daß Du mir so treulich geantwortet: Ja, Du hast recht, besser wäre es, ich zöge mich ganz zurück, bevor die Verwandlung von Blut und Geist, Körper und Seele sich zum letzten Mal vollzieht – nicht vor aller Augen! Gut gesprochen! Dem Mond fehlt nur noch Weniges zur Vollendung, grauenhafte Wünsche stellen sich ein, ich will töten! Nicht wie ein Wildtier, das Leben zerstört, um selbst zu leben, ich will den töten, der zwischen mir und Lotte steht, der *ihr Mann* sein soll. Mann! Höre mich grausig lachen: damit würde es für die Welt ja Sünde bedeuten, daß ich Lotte liebe, daß ich sie aus seinen Armen in die meinigen reißen möchte. Sünde sei es, ich habe sie in ihrer ganzen Himmelswonne geschmeckt, habe Lebensgier und Liebeskraft aus ihr in mein Herz gesaugt! Seit diesem Augenblick ist sie mein, Lotte mein! darum muß Albert sterben, von meiner Hand!

Wilhelm! die Feder zittert, die das schreibt. Ich kann es nicht zügeln, mag's nicht zähmen, und wenn ich nicht unverzüglich forteile, werde ich es tun. Ich! der friedlichste Bewohner der Natur, der stets abgeschieden leben, innig genießen und in stiller Ruhe sterben will, fühl mich bereit zum Äußersten, der Todsünde, die vor allen steht, Wilhelm: Mord!

Ich muß, muß fort! Es ist mir drum lieb, daß Du kommen willst, mich abzuholen; erwarte noch einen Brief von mir mit allem Weiteren. Und lies, ich bitte Dich, die Zeilen der Verstörung, Entblößung, die ich Lotten anvertrauen wollte, und es doch nicht tat – hernach vernichte sie!

Es ist beschlossen, Lotte, ich will sterben, das schreibe ich ohne dramatische Überspannung, gelassen, am Morgen des Tages, an dem ich Dich zum letzten Mal sehen werde. Wenn Du dies liest, meine Beste, deckt das kühle Grab die erstarrten Reste des Unglücklichen, des Verdammten, der für die letzten Augenblicke keine größere Süßigkeit weiß, als sich an Dich zu wenden. Ich habe eine schreckliche Nacht gehabt, und ach! auch eine wohltätige Nacht. Sie hat meinen Entschluß befestigt und bestimmt: ich will sterben! Als ich mich gestern von Dir riß, in der fürchterlichsten Empörung meiner Sinne, als sich alles, das nach meinem Herzen drängt und mein hoffnungsloses, freudeloses Dasein neben Dir in gräßlicher Kälte mich anpackt, erreiche ich kaum mein Zimmer, werfe mich außer mir auf die Knie, und o Gott! du gewährtest mir das Labsal bitterster Tränen! Tausend Aussichten wüteten durch meine Seele, zuletzt stand er da, fest, der letzte, einzige Gedanke: ich will sterben! Ich legte mich nieder, und morgens, in der Ruhe des Erwachens, steht er noch fest, noch stark in meinem Herzen: ich will sterben!

Es ist nicht Verzweiflung, ist Gewißheit, daß ich ausgelebt habe, daß ich mich opfere nun für Dich. Ja, Lotte! warum soll ich es verschweigen? Eins von uns dreien muß hinweg, und das will ich sein! O meine Beste! In diesem zerrissenen, geteilten, verdammten Herzen ist es wütend herumgeschlichen oft, Deinen Bräutigam zu ermorden! – Dich! – mich! – So sei es!

Wenn Du hinaufsteigst auf unseren Berg, an einem schönen Sommerabend, dann erinnere Dich meiner, wie ich oft das Tal heraufkam, dann blicke nach dem Kirchhof hinüber nach meinem Grabe, wie der Wind das hohe Gras im Schein der sinkenden Sonne hin- und her wiegt. Ich war ruhig, da ich diese Zeilen anfing; nun weine ich wie ein Kind, da alles das so lebhaft wird um mich.

Der Herausgeber an den Leser.

Gegen zehn wurde im Forsthaus Lärm vernommen, helle Schreie der Todesnot, man hätte es für nächtliche Jagdlaute gehalten, eines Raubvogels, der auf Beute fliegt, wäre der Vorfall mit dem toll gewordenen Hund nicht noch in aller Sinn gewesen. Man lud die Flinten, der Förster gab Befehle. Knechte und Stallburschen, jeder Mann wurde bewaffnet, Albert nahm die Pistolen von der Wand. Lotte blieb bei den Kleinen, von denen einige erwacht, manche wollten an die Fenster, andere weinten in ihren Bettchen, Lotte fand Trost für alle.

Es wurde Licht gemacht, Fackeln erhellten den Umkreis, kein Tier konnte sich dem Haus nun ungesehen nähern. Allein, niemand verstand später zu sagen, wie es sich zugetragen, war der Wolf plötzlich unter ihnen. Ein Wolf! Alle, die dazu befragt, versicherten es auf Ehre: das war kein wilder Hund, der ins Jagdhaus einbrach, nie könnte ein Hund zu solcher Größe aufwachsen. Selbst für einen Wolf hatte das Ausmaß seines Körpers sagenhafte Züge. Er soll schwarz gewesen sein, die Augen leuchteten in giftgem Gelb, riesige Tatzen seien ihm zu eigen gewesen, Zähne habe man in solcher Schärfe noch nie erblickt. Er sei ins Haus gekommen, so der Großknecht später, als wäre er vom Himmel zur Pforte herabgesprungen, und fand seinen Weg durchs Haus, als habe er es häufiger schon besucht. So unversehens sei das Wolfstier aufgetaucht, so gräßlich sein Anblick, daß zu Anfang kein Schuß gefallen. Gebannt hätten die Schützen ihrer Flinten vergessen, ungehindert sei der Wolf durch die Räume gestrichen. Habe, welch ein Schreck! den Weg zur Treppe genommen, sei mit zwei Sätzen ins Stockwerk gelangt und ohne Suchen bei den Kindern eingedrungen!

Das sei ein fürchterlich Wehklagen gewesen, als das Riesentier im Kinderzimmer aufgetaucht, gewittert, gefletscht und gräßlich geröhrt habe. Nur eine hätte Vernunft und Besinnung nicht fahren lassen; Charlotte sei aufgestanden, furchtlos auf den Wolf zugetreten und habe, man wollte seinen Ohren nicht trauen! zu ihm gesprochen. Den Anschein hätte es gehabt, als seien die beiden ins Gespräch gekommen, der Wolf habe gemurrt, nicht feindselig, widerwillig eher, als Lotte ihn besänftigend bat, den Kleinen kein Leids zu tun. Der Wolf sei darauf furchteinflößend um die Kinderschar gestrichen, habe sich aber keinem genähert und wäre – die Mägde erzählten's ganz außer sich – schließlich abgezogen. Nicht aus dem Haus, nur aus dem Oberstock; da er auf ebene Erde zurückkehrt, knallen die Flinten los. Die Männer hatten sich verschanzt: Tische, Schränke und Kommoden dienten ihnen als Wehr, von dort aus feuerten sie auf den Eindringling.

Aber ach! die friedliche Bemannung des Jagdhauses war

des Waidwerks entwöhnt; vielleicht mochten auch die Flinten nicht recht gewartet worden sein: sie trafen kläglich! Wieviele Kugeln auch in die Wände knirschten, Porzellan zerschmetterten und in Zinnteller schlugen, die an den Wänden hingen, der Wolf blieb von den Schüssen unbehelligt. Es schien, so der Großknecht, die Kugeln träfen nur deshalb nicht, weil ein Fluch der Bestie ihnen Einhalt gebot. Das sind so Fabeleien, wie sie leicht erfunden werden, wenn einem Schützen etwas mißglückt; wahr scheint jedoch, daß der Wolf ungehindert ins letzte Zimmer vordrang, die Tür desselben offen fand und bei Albert einbrach. Der Bräutigam stand, aufs Äußerste gefaßt, beide Pistolen im Anschlag, mit dem Rücken zur Wand. Er drückt den Abzug, der Feuerstein entzündet das Pulver, welches die Kugel aus dem Lauf treibt, sie trifft den Wolf. Der weicht und wankt nicht; obgleich getroffen, schleicht das Riesentier auf Albert zu. Das Maul ist weit offen, die Lefzen triefen, gräßlich fletschen die Zähne, die sich in Alberts Leib schlagen sollen. Der Gute meint, er habe ausgelebt.

Da taucht, es wurde in Übereinstimmung berichtet, ein weiterer Wolf vor dem Jagdhaus auf. Vom Waldrand mag er die Kuppe hochgesprungen sein, steht auf mondbeglänzter Terrasse. Dieser zweite Wolf, kleiner als der erste, genauso schwarz, hebt das Haupt: es ist, als schaue er zum Fenster herein, wo Albert seinem viehischen Mörder gegenübersteht. Der Wolf im Freien stößt einen Ton aus, wie man ihn von Wölfen nicht kennt; einen langen, tiefen Laut, klar und wohlgeformt, als verstünde der Wolf sich in der

Kunst des Singens. Sein Bruder im Jagdhaus zuckt rückwärts, dringt nicht weiter auf Albert vor, sondern beugt vor dem zu Tode Geängsteten das struppige Haupt, knurrt versöhnlich, macht kehrt und läuft zum Zimmer hinaus, durch die Stube, vorbei an den starrenden Jagdgesellen, die ihre Büchsen vergessen. Läuft aus dem Haus, zum zweiten Wolf hinauf, ein Moment des Innehaltens, als die Kreaturen einander begegnen, dann springen sie vereint von der Terrasse und sind im nächsten Augenblicke im Wald verschwunden.

Es dauert Stunden, bis man die Kinder beruhigt, die Männer einander bis ins Kleinste berichtet haben, was sie gesehen, erlebt, bis der Förster gebietet, nun sei es genug, die Gefahr gebannt, jeder solle in seine Kammer; bis schließlich der Familienrat besprochen, welche Art Überfall dies gewesen und was ihn ausgelöst habe.

Nur eine blieb während der Zeit gelassen, still, abgeschieden von den übrigen – Charlotte. Nachdem die Riegel geprüft, alle Büchsen nachgeladen waren, nachdem jeder in sein Bett zurückgekehrt ist, setzt Lotte sich, nimmt das Amulett zur Hand, das Werther ihr überlassen, und betet inbrünstig. Betet nicht um eigene Ruhe noch ihr Seelenheil, für Werther betet sie, den sie heut zum zweiten Mal in anderer Gestalt gesehen, dessen Verdammnis sie kennt, aber nicht abzuwenden weiß. Das stürzt die gute Seele in tiefe Verzweiflung. Im Morgengrauen findet sie sich zusammengesunken auf den Fliesen, schleicht fröstelnd zu Bett und findet doch keinen Schlaf.

Am 11. Juli.

O Lotte! die Scham! meine Abscheu! Was habe ich euch, den liebsten Menschen, angetan, wieviel Schrecken über euch gebracht! Wie leicht wäre der Spuk, als den ihr das nächtliche Ereignis deuten mögt, in wahres Grauen umgeschlagen, hätte mich mein Freund und Führer, der treue Nero, nicht zur rechten Zeit vom Blutwahn abgebracht. Ich mag nicht denken, wie Du mich heute Nacht gesehen, Lotte, will nicht hoffen, daß Du mich so in Erinnerung behältst! Vergib mir! vergib dies Gestern! ach, wäre es der letzte Augenblick meines Lebens gewesen!

Dabei fühlte ich mich, als ich der andere war, Dir Engel näher. Da Du, umringt von Deinen Kleinen, mir gegenübertratest, durchglüht mein innig Innerstes das Wonnegefühl: Sie fühlt mit mir! Es brennt in mir das Feuer noch, das aus Deinen Augen strömte, gleich einem Muttertier wolltst Du die Kinder schützen und hättest Dich dazwischengeworfen, wenn sich der Wolf ihnen genähert. Da Du in mir die Gefahr gewittert, waren wir einander nah, in Wildheit eins, feindlich verschmolzen – fühltest Du's auch?

Aber nein! vergib mir, vergib! Daß dies unser Abschied

werden soll, wollte ich nicht, er ward es, denn heute, wenn der Mond zu voller Größe aufgeht, wandelt sich mein Seelenlicht, bin ich nicht länger, der ich war! Ewiglich ist dann Dein sanfter Händedruck, Dein seelenvoller Blick für mich verloren. Wenn ich dann durch die vertrauten Wälder streife, werde ich Alberten an Deiner Seite sehn und will doch ruhig bleiben. Es ist gut so: da ich als Mann Dich nimmer freien konnte, will ich als Dein Schutzgeist um Dich sein. Ich weiß, alles ist vergänglich, Lotte! aber keine Ewigkeit soll das feurige Licht auslöschen, das ich in Deinen Augen gesehen und weiß seitdem, Du liebst mich auch! Dein Arm hat mich umfaßt, Deine Lippen haben auf meinen Lippen gezittert, Dein Mund hat an dem meinigen gestammelt. Du warst mein! Lotte, bist es, sollst es auf ewig sein. Ich träume nicht, wähne nicht, auf meinem Pfad der Wandlung wird es heller. Wir werden sein! Du und ich, jeder für sich und doch vereint! Wir werden uns wiedersehn. Ich finde Dich, auch wenn ich der andere bin, Lotte! leb wohl, wir sehn uns wieder, gedenke Deines Werther, zage nicht, ob Du ihm gut sein darfst.

Heute geschieht es, heut oder nie mehr. Heut Abend hältst Du dies Papier in Deiner Hand, zitterst und benetzest es mit lieben Tränen. Ich will, ich muß! O wie wohl ist mir, daß ich nicht nur verdammt, daß ich jetzt auch entschlossen bin, ein anderer zu werden!

Zum letzten Mal denn, zum letzten Male schlage ich diese Augen auf. Sie sollen, ach, die Sonne nicht mehr sehen; der trübe, neblichte Tag hält sie bedeckt. Nicht Werther, der *andere* wird statt meiner die Augen auftun und den geschäftigen Tag, die ruhelose Nacht betrachten, jener, von dem ich sagen werde: Du hast ihn gekannt. Was wird die Kreatur in mir vom Menschsein wissen, wieviel von Werther wird im Tier noch leiden, hoffen, glauben dürfen? So trauere denn, Natur! dein Sohn, dein Freund, dein Geliebter naht sich seinem Menschenende – und freue dich zugleich, da er dir neu geschenkt sein wird, verwandelt. Das ist ein Gefühl ohnegleichen, sich zu sagen: dein letzter Morgen. Der letzte! ich habe keinen Sinn für dieses Wort: werde ich doch nicht, gleich den Toten, ausgestreckt am Boden liegen und nimmer sein, nicht tot sein. Das eine Leben wird schwinden und das andere erwachen. Sterben! heißt das nicht auferstehen, ist es das nicht, was wir geheißen sind zu glauben? Siehe, wir träumen, wenn wir vom Tode reden, von einem Leben, das danach kommt, doch kein Lebender kennt es. Ich aber, vielmehr der, der nach mir kommt, kennt sein Schicksal. Ich stehe da in meiner Kraft, und werde auch morgen da sein, nicht abgeschnitten, umgewandelt nur, das ist, was zu erdulden mir aufgetragen.

Der Herausgeber an den Leser.

Albert war zum Amtmann in die Nachbarschaft geritten, nicht um Geschäfte, wie er Lotten beruhigend mitgeteilt hatte, Beistand suchte er, das Gespenst zu jagen und zu stellen, das zum zweiten Mal den Frieden im Jagdhaus aufgestört, die Insassen tödlich geängstet und ihn zum zweiten Male angegriffen hatte.

Albert war kein Mann, der Geisterseher über seine Schwelle bittet, wenn nächtens irgendetwas knackt und wispert, wenn Weibervolk Gespenster sieht. Albert hielt sich für einen, der klaren Augs und kühlen Blutes der sichtbaren Welt begegnet, Phänomene deutet, in Verbindung bringt und Schlüsse daraus zieht. Er wußte, sei's durch Beobachtung, sei es, jemand aus der Umgebung hatte es ihm zugetragen, daß der schwarze Hund, den man allerorts für toll hielt, in Werthers Gegenwart gesehen worden war, auch sei er, hieß es, häufig um das abgeschiedne Haus des jungen Adeligen gestrichen.

Ein Wildhund, der sich Werthern zum Herrn erwählt, ein tollwütiger Streuner, der lammfromm ward, kaum daß er in Werthers Nähe kam? Erst hatte es Albert nachdenklich gemacht, nun stutzte er, war der Schwarze letzte Nacht doch selbst erschienen – nicht als Ungeheuer, das man beim ersten Mal in ihm vermutet, als Geselle nur jener monströsen Erscheinung. Woher aber kam der Wolf, der Riesenhafte, das Teufelsvieh von einem Köter, der sich weniger wie ein Tier verhielt, sondern Menschenzüge annahm, der bei aller Wildheit Mitleid zeigte, Nachdenklichkeit im Augenblick, da er der Beute, Albert selbst, Herr geworden! Wer war das? Albert staunte, daß er *wer,* nicht *was* gedacht; die Kreatur spielte für ihn zu sehr ins Menschenhafte, um es als Täuschung oder Zufall abzutun.

Noch eine Erinnerung stellte sich ein, Albert fügte sie den Steinchen seiner Schlußfolgerungen bedächtig hinzu. Des Blutflecks entsann er sich, den er am selben Tag bei Werthern ausgemacht, als der unbekannte Wolf zum ersten Mal ins Jagdhaus gestürmt und sich auf Albert gestürzt hatte. Die Kugel des Försters hatte das Fleisch der Bestie an der nämlichen Stelle aufgerissen, aus der Werther Stunden später blutete. War die Vorstellung auch so toll, daß ein Mensch wie Albert sie unter gewöhnlichen Zuständen nimmermehr gedacht, ergab sie im Zusammenklang mit allem andern das Ergebnis, daß Werther selbst der Wolf sein mußte, Werther das Untier, das die Gegend bedrohte, Werther der Dämon, von dem landauf landab gerätselt wurde.

Eine Ahnung, die Albert früh bei den Begegnungen mit Werthern aufgegangen, schien sich in den Taten des Dämonen zu bestätigen: Werther liebte Lotten, er begehrte sie für sich! Diesen Gedanken hatte Albert zögernd nur in sich zugelassen: nicht schuldlos wollte er den Edelmann, der Lotten teuer war, eines Unrechts zeihen. Doch sprach Werthers Verhalten nicht für sich? seine Unruhe, wenn er im Jagdhaus mit bei Tische saß, seine verstiegenen Reden, die wilde Art, mit der er Lottens Hände mit Küssen bedeckte, unzüchtig nicht, doch sprach das haltlose Wesen eines unbesonnenen Menschen daraus – oder das eines Tieres! Der Wolf hatte vergangene Nacht als erstes Lotten aufgesucht, als wollte er der Angebeteten einen Besuch abstatten. Danach war er zu Albert vorgedrungen und hätte ihn zerfleischt, wäre der zweite Hund nicht aufgetaucht: mit diesen Beispielen suchte Albert seine ungeheure These zu erhärten.

Er rang mit sich, ob er Lotte an den Mutmaßungen teilhaben lassen sollte. Mußte sie nicht erfahren, wie es um den angeblichen Freund des Hauses stand, mußte sie von nun an ihr Verhalten Werthern gegenüber nicht ändern? Sollte man jenem nahelegen zu verreisen, hatte Albert gedacht, da ihm sonst nichts einfallen wollte, wie man einem Mann von Stand, der sich peinlicherseits in einen Wolf verwandelte, zu verstehen geben konnte, daß seine Gesellschaft unerwünscht sei. Sollte man ihn ermuntern, andere Freundschaften zu suchen als die der Menschen im Jagdhaus? Sein Geist, seine Wissenschaften, seine Talente boten ihm mannigfaltige Ergetzungen, vielleicht wären diese imstande, ihn von einem Geschöpf wie Lotte abzubringen, die seinen menschlichen und tierischen Nachstellungen nur mit Verachtung begegnen konnte.

Warum will Werther Lotte? grübelte Albert. War es gerade die Unmöglichkeit, sie zu besitzen, die ihm den Wunsch so verlockend machte? Sollte nirgendwo ein Mädchen leben, das die Wünsche von Werthers Herz zu erfüllen verstand? Warum suchte er nicht in der weiten Welt danach, die ihm offenstand, anders als Albert, der durch Pflicht und Liebe an den Landkreis gebunden war?

Albert entschloß sich, Lotte nichts zu offenbaren, sondern das Rätsel auf eigne Faust zu lüften und sie von dem Ergebnis ins Bild zu setzen. Die Jagd auf einen Wolf ist eine notwendig erlaubte Sache, eine Jagd drum sollte es auch werden. Davon setzte Albert den Amtmann in Kenntnis. Nachdem er jenem die Gefahr geschildert, wie nächtens im Jagdhaus um ein Haar ein Blutbad angerichtet worden sei, forderte er Unterstützung, und der Amtmann stellte ihm Bewaffnete zur Seite.

Albert wußte nichts vom Vollmond und welche Voraussetzungen er schuf, er fand es lediglich hilfreich, daß diese Nacht der Wald hell erleuchtet sein würde, wodurch man den Wolf leichter stellen mochte. Albert wollte, nachdem alles abgemacht und man sich zu bestimmter Stunde nahe des Wertherschen Wohnsitzes verabredet hatte, ins Jagdhaus zurückkehren, dort die Nacht erwarten, hoffend, Lotte nicht zu begegnen, da sie ihm die heimliche Absicht an seinen Mienen abgelesen hätte.

Vor seiner Heimkunft wurde er aufgehalten von einer Person, die er manchmal im benachbarten Weiler gesehen, ihr aber keine Beachtung geschenkt. Sie war nach seinem Urteil häßlich, rotgraues Haar sproß zottelich in jede Richtung, ihre Zähne standen schief, zwinkernd trat sie ihm in den Weg und faßte sein Pferd am Halfter. Ohne Anrede sagte sie:

– Ihr wollt ihn aufhalten, ja? Das sollt Ihr, Herr, hat er sich doch vergangen an dem Liebsten – seinem Liebsten und dem Eurigen.

– Wovon redet sie? Albert wollte das Roß zur Seite ziehn, der Falbe stand, als hielte die Hand der Frau ihn festgebannt.

– Von demjenigen, den Ihr jagen wollt. Die Person richtete ihre zweifarbenen Augen auf den schlanken Reiter.

– Was weiß sie darüber? erwiderte Albert unruhig. Ich hab keinem außer dem Amtmann davon erzählt.

– Ich sehe, was ich sehe. Sie lachte schief. – An Euch seh ich Mordlust.

– Gerechtigkeit übe ich, Weib. Die Meinen muß ich schützen!

– Gewiß, gewiß. Das Grinsen wich nicht aus ihrem Gesicht.

– Was meintet Ihr damit, jemand hätte sich an meinem *Liebsten* vergangen?

– Ist Euch am Verhalten Eures Fräuleins jüngst nichts aufgegangen? Die Person trat näher.

– Was will sie sagen!

– Ich habe *ihn* gewarnt, sprach sie, hab ihm aufgetragen, abzulassen von der Frucht, die einem anderen versprochen. Der Graf hat ihm befohlen, die Gegend zu fliehn, für immer fortzugehen, sein Schicksal anderswo zu leben.

– Welches Schicksal, Weib? Und welcher Graf?

Darauf antwortete sie nicht, sondern fuhr fort: Er hat sie

Euch genommen, Herr, sie ist gepflückt worden vor der Zeit, und nicht von Euch! Weil Ihr kein Narr seid, habt Ihr ihn durchschaut, wollt ihn nun stellen, ihm eins aufbrennen, damit er das Jagen in fremden Revieren läßt.

– Sie – gepflückt? stammelte Albert. Untreu? Lotte untreu? Gepflückt, von wem, von ihm, gar mit Gewalt?

– Das lohnt jetzt der Erörterung nicht, ging sie kaltmütig darüber. Ihr zeigt den rechten Geist, wollt ihm endlich das Handwerk legen – tut es also! Eure Waffen sind dafür geeignet, nicht aber die Munition.

Mit diesem Wort reckte sie die Hand nach oben, darin schimmerten drei Kugeln. – Diese braucht ihr, flüsterte sie, sie sind zum letzten Vollmond gegossen worden, sind aus Silber, den gültigen Spruch hab ich auch darüber gesprochen. *Die* Kugeln, Herr, tut in Eure Büchse, dann trefft Ihr nicht nur, tötet auch.

– Töten! nahm der sonst ruhige Albert das Wort voll Inbrunst auf. Ja, wenn es wahr ist, muß er den Tod erleiden! heute Nacht.

– Die Nacht ist wohl gewählt, nickte sie. Von der Verwandlung wird er geschwächt sein, wird den Angriff nicht erwarten, nicht wittern, daß Ihr kommt. Hört meinen Rat: schleicht von der windabgewandten Seite an ihn heran, er verfügt über Sinne wie sonst kein Menschlicher.

– Das will ich, sagte Albert glühend. Die Kugeln wechselten von ihrer in seine Hand, die er innig drückte, als hätte er das Weib nicht eben zum ersten Mal gesprochen. – Sagt mir eins noch!

Doch da er sich hinabbeugte, war sie unter dem Hals des Pferdes weggetaucht und seitwärts ins Dickicht entsprungen. Er hörte ihren Schritt noch, konnte sie aber nicht sehen.

Schweren Gemüts, zugleich aufs Äußerste zerwühlt, kam Albert im Jagdhaus an. Er fühlte in sich ungewohnte Wildheit, wollte den ihm anerzogenen Respekt fahren lassen, in Lottes Stube stürzen und sie zur Rede stellen. Wie der erste beste Gehörnte wollte, mußte er erfahren, was mit Werthern gewesen und wieviel Anteil Lotte selbst an dem Geschehen gehabt. Doch er bezwang sich, der Nüchterne in ihm gewann die Oberhand. Wenn die Alte wahr gesprochen, würde er sich heute nacht an Werther rächen, wenn nicht, so erlegte er zumindest einen gefährlichen Wolf. In beiden Fällen war die Sache ausgestanden, er würde zu Lotte gehen, ihr berichten und an ihren Mienen ablesen, was es ihr bedeutete, daß der Hausfreund nimmer wiederkehren würde. Albert versicherte sich, dies sei die beste Lösung, erst zu handeln und danach zu fragen.

Von niemandem im Haus bemerkt, ging er auf seine Stube, legte sich in Montur aufs Bett und wartete die Stunde ab, da er erneut aufbrechen konnte. Die Kugeln aber, das geheimnisvolle Geschenk, tat er sichtbar bereit und warf immer wieder einen Blick auf sie. Silberkugeln! man hatte schon davon gehört, daß ein Mittel wie dies dazu geeignet sei, Kreaturen, die über außernatürlichen Schutz verfügten, unschädlich zu machen. Albert sank in Halbschlaf und träumte, wie die drei Kugeln in Werthers Herz sich bohren würden. Da lächelte Albert im Schlaf.

Abend.

Ich will, bester Wilhelm, den Ritus würdig begehen, will bereit, gewappnet sein, bin ich ja öfter in den fremden Körper schon hineingezwungen worden und als der alte Werther bald darauf wiedererwacht. Ich habe während der Verwandlungen manches Beinkleid zerschlissen, zwei gute Röcke zerfetzt, hab einige Stiefel im Wald verloren, die der Wolf fortspringend mitgeschleppt. Damit ist es ab heute ein Ende, in Reinheit bin ich gewillt, in das Andere einzugehen. Kaum daß die Sonne hinter den Kamm getaucht und die Welt blau ward, legte ich meine Kleider ab, tat sie sorgfältig zusammen und verstaute sie im Schrank. Um mein Haus ist nun alles grau, Wilhelm, jetzt wird das Licht der Luft entzogen, jetzt dunkelt's und nichts ist draußen als die große Mutter Natur. Ich hoffte und hoffe weiter, der gute Graf von W. möge kommen und mich durch die Nacht der Nächte leiten; noch zeigte er sich nicht. Mein Nero ist wie stets ruhig, besonnen bleibt er in meiner Nähe, und nichts an ihm zeigt an, daß etwas Unglaubliches, Wunderbares geschehen mag, die Verwandlung eines Sterblichen in ein urtümlich Tier. Ich bin bereit, Wilhelm, und muß auch Dir Lebwohl sagen, ich zweifle, ob ich morgen mit meinen Klauen die Feder noch zu halten vermöchte – dies ist der letzte Brief an Dich.

Ich bin heiter, glaubst Du's? in mir ist weder Zweifel noch Angst, ich habe erlitten, was das Schicksal mir zu erleiden aufgegeben, ich habe mich gewehrt, nun nehm ich's an, willig, glücklich, da ich auch mit Lotten meinen Frieden gemacht. Sie mag meine Zeilen schon bekommen haben, was tut sie? liest sie unter Tränen, läuft sie aufgewühlt im Haus umher, versucht gar, mich zu hindern, ist sie unterwegs? Ach Wilhelm, ich verlier mich schon wieder: so wird's nicht kommen, anders ist mein Weg beschlossen, nun trete ich ihn an.

Ich höre Geräusch von ferne, kein vertrautes des Waldes, Störung fürchte ich, muß hinaus, nachsehen. Ist es der Graf? Nein, mehrere Pferde höre, wittre ich, sollte Lotte sich aufgemacht haben, doch warum in Begleitung? Ich muß, Wilhelm, die Zeilen an Dich – muß hinaus, verzeih – vielleicht bleibt später mir noch Zeit, dir zu berichten – –

O Freund, es ist abscheulich, schrecklich! Ich habe es getan. Ich! nicht der, in den ich verwandelt werden soll! ich habe – ich kann nicht sagen, woher mir die Kräfte zuwuchsen, habe getötet! Albert fiel von meiner Hand! Ich weiß nicht, wie ich – Freund, Freund! ich, Werther, den Du seit langem wertgeschätzt, der Dir den innersten Winkel seiner Seele anvertraut, Werther hat den Nebenbuhler zu Tod gebissen!

Nun fühle ich, die Verwandlung naht, ich knurre, die

Hand will sich krümmen über dem Papier, Klauen wollen die Feder mir entwinden, Schmerz mir den Sinn umnebeln – ich laß es nicht, noch nicht! muß noch eins, eins muß ich tun! – –

Ich schieb den Brief an Dich beiseite, etwas anderes muß geschrieben sein, ich setze die Buchstaben mit Bedacht, der Zettel muß sauber ausfallen, soll mein Wunsch, die Bitte, der Befehl ausgeführt werden! – –

Es ist getan, Freund! der Brief abgeschickt, ein Knabe aus dem nächsten Haus hat's übernommen. Er war nicht argwöhnisch, das Grauen der Nacht schien zu ihm und den Seinen noch nicht vorgedrungen. Die Botschaft ist unterwegs, sie muß, muß ausgeführt werden! heute, jetzt gleich, ich hoff es inniglich und warte – kein Aufschub! O möchte mich die Nacht verschlingen, sie wird es nicht, sie wird – –
Ich hab ihn umgebracht, Wilhelm, Bester! wie wurde mir!

Albert kam nicht allein, ich hatte vom Getrappel Dir berichtet; eine Gruppe war's, wie Jäger gewandet, einige zu Pferd, mit Flinten in den Satteltaschen. Woher ich's weiß? Ich bin hinausgehuscht, nackt und bloß, ein weißer Mensch, nicht Schuh, nicht Lederzeug zum Schutz, gebückt schlich, rannte, flog ich fast von Baum zu Baum, spähte, roch und erlauschte alles. Die Gruppe machte mächtig Lärm, gerufen wurde, sie führten Fackeln mit.

– Still! hör ich Albert sagen, er war mit ihnen, schien der Führer der nächtlichen Jagd. – Du dort hin, flüstert er. Ihr diesen Pfad entlang! Schleicht vom Hügel euch ans Haus heran, damit er nicht entschlüpfen kann.

Jedesmal zeigte Albert in Richtung meines Hauses. Da ging mir auf, sie waren ausgezogen, mich zu jagen, ich sollte Beute ihnen sein, ich! der sie gewittert, ehe sie nur das geringste Anzeichen von mir bemerkt. Die einen ritten hierhin, die anderen woanders, und Albert blieb zurück. Er sah sich verstohlen um, nahm die Büchse und lud. Was schimmerte in seiner Hand, kein Blei, kein Eisen – im Schein des erwachenden Mondes konnte ich's erkennen – aus Silber war die Kugel, die er in den Lauf schob, und weitere hielt er bereit. Da wurde es mir deutlich: Albert hat den Fehdehandschuh, den als Tier ich ihm entgegengeworfen, aufgenommen, zum Kampf ist er gekommen! Der Gerechte, Besonnene hat die Spur des Wolfes, der Unruhe in ihrer aller Leben brachte, gesucht, um ihn für alle Zeit unschädlich zu machen.

Da lachte mein Herz, Wilhelm! da frohlockte es, war es doch nicht eingezwängt länger ins Gesetz der Schicklichkeit – als wilder Kerl kam Albert, kam zur Jagd: und Jagd sollte sein! Ich lachte ihm entgegen. Schneller als er die Flinte heben konnte, sprang ich an die Flanke seines Falben und fauchte auf zu ihm.

– Werther! entfuhr es ihm erschrocken, warum hat er nichts an?

Bester Freund, so ist Albert nun einmal: selbst im Strom wildester Empfindung fällt ihm solche Frage bei, warum ich nichts anhätte!

Ich ließ es unbeantwortet, riß das Maul auf, nein, meinen Menschenmund! und tat einen Satz nach oben. So gewaltig war mein Sprung, daß ich den Reiter, mit den Zähnen packend, am Hals erwischte, während meine Hände sich um seine Arme legten. Er suchte die Hand freizubekommen, die das Gewehr hielt, ich weigerte es und biß mit aller Kraft zu. Schon platzte Haut, gab Knorpel nach, da riß die Sehne, Blut quoll, ach so viel Blut, es rann mir in den Mund, an mir hinunter, besudelte mich und ihn. Erschrokken, dabei kämpfend, sank Albert vom Roß, ward von meinem Gewicht zu Boden gerissen, ich kam über ihn, entwand ihm die Waffe. Nun wäre der Moment gekommen, abzulassen, den Unterlegenen freizugeben, ich aber konnte nicht, wollte nicht! Freund, ich hielt ihn umklammert, riß an seiner Kehle, bis ich – o wie mich schaudert! – bis ich die Gurgel, den Kehlkopf und das angrenzende Gewebe säuberlich herausgebissen. Alberts Fleisch im Mund, richtete ich mich auf – der Wolf hätte ob des Triumphs geheult, ich aber nicht! Kalten Bluts sah ich mich um, ob Alberts Gefährten in der Nähe seien. Da war keiner, keiner entdeckte mich, die Bluttat war ohne Zeugen geschehen. Vor mir lag Lottens Verlobter, der gute Freund, der Feind. Seine Beine zuckten, bis er den letzten Atemzug getan, dann lag er still, die Augen aufgerissen, sie starrten in den Mond. Ich spuckte den Teil von Albert aus, den ich geschnappt und wischte übern Mund. Ließ den Toten nicht liegen, schleifte seinen Körper unter ein Gestrüpp und bückte mich, weil da etwas blitzte. Eine Kugel war's, die Albert laden hatte wollen, und die ich, frag mich nicht, warum! in der Hand verschloß und mitnahm. Ich sprang davon, rannte ins Haus, schloß Fenster, Türen und löschte das Licht; so mußte die Wohnstatt jedem als die eines Schlafenden scheinen. In der Dunkelhheit aber, die für mich wie heller Tag, setzte ich mich, schrieb fort und schickte die Botschaft, wie ich Dir berichtet, ab.

Warum, mit welchem Inhalt, willst Du wissen? Rätst Du's nicht? Was hatte ich getan, Wilhelm, sprich es, da Du es liest, doch aus! Ich, Werther, habe ihn umgebracht! Hätte ich als Wolf die Tat begangen, ich könnte mir's verzeihen, doch dieses nicht, dies niemals! Ich, ein Mensch, habe getötet: in vollem Bewußtsein meiner Tat beging ich die düsterste der sieben Sünden, ich *wollte* töten, meine Zähne an seinem Hals spüren, sein Blut schmecken, wollte ihn hinsinken sehn und seinen Schrei ersticken. Sein Auge war starr auf mich, den nackten Werther, gerichtet, sein Auge brach, da war er tot, und ich hab es verschuldet!

Ahnst Du, weißt Du jetzt, weshalb ich ohne Aufschub handeln mußte, handeln muß, ehe der Vollmond vergangen. Dies ist die Nacht, die mir vorhergesagt, wie anders sind die Ereignisse der Nacht jedoch verlaufen. Nicht hoffen darf ich aufzuerstehn, ein *Neuer* zu werden, nicht nach dieser Tat. Alles muß sich wandeln. Ich hatte nicht sehen können, auf welche Weise – nun weiß ich es, damit genug. Erbarm Dich meiner, bete für mich, ich will's vollenden. Sei umarmt und meiner Liebe gewiß,

Werther

Der Herausgeber an den Leser.

Lotte verfiel in eine Wehmut, die sie niederringen wollte, die jedoch um so ängstlicher ward, als sie ihre Tränen zu verschlucken suchte. Die Erscheinung von Werthers Knaben, den er mit dem Zettel ausgeschickt, setzte Lotte in Verlegenheit, mehr noch, in tiefstes Mißtrauen. Sie wußte sich nicht anders zu helfen, als den Zettel ihrem Vater zu reichen. Der Förster las ihn, wandte sich gelassen zur Tochter und sagte: Gut, daß er reisen will, der feine junge Mann hat letztens doch viel Unruhe ins Haus gebracht. Ich weiß nicht, Lotte, ob dir's aufgefallen, aber mir schien beinahe, Werther wäre in dich verliebt. Der Förster wartete nicht, ob die Tochter ihm antworte, übersah, daß ihr die Röte ins Gesicht schoß und im nächsten Moment jedes Blut die schönen Wangen verließ; totenbleich fragte sie, wie dem Schreiben Werthers zu antworten sei.

– Gib ihm die Pistolen, sagte der Vater, er hat sie einmal schon geliehen, warum sollen diesmal wir sie verweigern? Ich lasse ihm glückliche Reise wünschen, sagte er zu dem Jungen.

Das Wort fiel auf Lotte wie Donnerschlag, schwankend

stand sie auf, langsam ging sie nach der Wand, nahm zitternd das Kurzgewehr herunter, putzte den Staub ab, zauderte und hätte noch gezögert, wenn nicht der Förster durch einen fragenden Blick sie gedrängt hätte. Sie gab das unglückliche Werkzeug dem Knaben ohne ein Wort, und als der zum Haus hinaus war, packte sie ihre Stickerei, lief auf ihr Zimmer, im Zustand der unaussprechlichsten Ungewißheit. Ihr Herz weissagte ihr alle Schrecknisse, bis auf das eine: daß sie keinen Verlobten mehr besaß, daß er gemeuchelt im Walde lag, und daß ihr tierischer Freund ihn umgebracht, ihr heimlicher Geliebter, der nackt in seiner Hütte saß, Briefe schrieb und fiebernd der Rückkehr des Jungen harrte.

Bald sah sich Lotte im Begriff, sich zu den Füßen ihres Verlobten zu werfen, den sie noch im Hause wähnte! und ihm alles zu beichten, was er bereits, und schlimmer als Lotte wissen konnte, erfahren. Dann wieder sah sie keinen Ausgang darin, daß sie bekannte. Am wenigsten konnte sie hoffen, ihren Verlobten zu einem Gang zu Werthern zu überreden, wo Albert nach Lottens Wunsch eine unselige Handhabung der Pistolen verhindern sollte. Ach, hätte sie gewußt, daß ihr Verlobter seinerseits das Schießhandwerk hatte ausprobieren wollen, und wie blutig er daran gehindert worden!

Der Tisch ward gedeckt, eine gute Freundin, die nur etwas zu fragen kam und gleich wieder gehen wollte, blieb, machte die Unterhaltung bei Tisch erträglich; Lotte redete, hörte Erzählungen und vergaß dabei, was zu verhindern dringend geboten war.

Der Knabe aber lief mit den Pistolen zu Werthern, der sie ihm mit Entzücken abnahm, als er hörte, Lotte selbst habe sie ihm ausgehändigt. Werther aß Brot, trank Wein und setzte sich erneut, zu schreiben.

Nach eilfe.

Ich habe zum letzten Mal Feld und Wald und den Himmel gesehen. Meine Sache in Ordnung zu bringen, bin ich bereit, und Gottes Segen erfleh ich für meinen Bußgang. Leb wohl, Albert, ich habe dir übel mitgespielt, habe den Frieden deines Hauses gestört, habe Mißtrauen zwischen euch gebracht, und hab die Kehle dir zerbissen, ach! Albert, vergibst du mir? Lebe wohl, ich muß es büßen. O daß Lotte glücklich werde durch meinen Tod, ich wünsch es! Lotte! Gottes Segen wohne über Dir!

Alles ist still um mich her, ruhig wird meine Seele. Ich danke dir, Gott, der du in den letzten Augenblicken diese Wärme, solche Kraft mir schenkst.

Ich trete ans Fenster und sehe durch die stürmenden, vorüberfliehenden Wolken einzelne Sterne! Ihr werdet nicht fallen, der Ewige trägt euch an seinem Herzen, so wie mich. Ich sehe die Deichselsterne des Wagens, des liebsten unter allen Gestirnen. Mit welcher Trunkenheit hab ich es oft angesehen, mit erhobenen Händen, da ich Dein gedachte, Lotte! – Liebes Schattenbild dort an der Wand, das ich Deinen Zügen nachgerissen: Ich vermache es Dir zurück, Lotte, bitte Dich, es zu ehren. Tausend, tausend Küsse habe ich darauf gedrückt, tausend Grüße ihm zugewinkt, wenn ich ausging oder nach Hause kam.

Ich habe Deinen Vater in einem Brief gebeten, meine Leiche zu schützen. Auf dem Kirchhof sind zwei Lindenbäume, in der Ecke nach dem Felde zu; dort wünsche ich zu ruhen. In diesen Kleidern, die ich zurechtgelegt, will ich begraben sein, Du hast sie berührt, geheiliget. Ich habe Deinen Vater auch *darum* gebeten, er kann, er wird es seinem Freund nicht abschlagen. Ich will frommen Christen nicht zumuten, ihren Körper neben einen armen Unglücklichen zu legen. Ach ich wollte, ihr begrübt mich am Wege oder im einsamen Tal, daß Priester und Levit vor dem bezeichneten Steine sich segnend vorübergingen und der Samariter eine Träne weinte.

Die blaßrote Schleife, die Du am Busen hattest, als ich Dich zum ersten Male unter den Kindern fand – O küsse die Lieben tausendmal und erzähle ihnen nicht das Schicksal ihres unglücklichen Freundes. Die Kleinen! da ich dies schreibe, wimmeln sie um mich. Die Schleife soll mit mir begraben werden. Ach, ich dachte nicht, daß mich mein Weg hierher führen soll! Sei ruhig, ich bitte Dich, sei ruhig! Ich lade sie nun, die geschmeidige Waffe, die Du mir anvertraut, stopfe das Pulver, lasse die Kugel in den Lauf – wie es von drunten blitzt! – ich setze das Hütchen auf.

Es schlägt zwölfe! Und doch, nicht der Wolf, der Mensch denkt, fühlt noch in mir, er bereut, schreitet zur Tat, ich, ich! Werther bin es, noch bin ich's! Bleibe der gute, der bessere Teil von mir, der beste! Bin Mensch, gebiete dem Wolfe Einhalt, *will* es tun, fasse den kalten Stahl, aus dem mir der Taumel des Todes erwachsen soll. Du schicktest ihn mir, Lotte! und ich zage nicht. All! all! damit sind all die Wünsche und Hoffnungen meines Lebens erfüllt. So klopf ich an die eherne Pforte des Todes. Sei es denn! – Lotte! Lotte, lebe wohl! leb wohl!

Der Herausgeber an den Leser.

Alberts Reiter waren einige Zeit schon an Werthers Heimstatt herangekommen und hatten sich verschanzt. Sie saßen so nah vor dem Haus, daß sie sicher waren, würde Werther, ein Wolf oder sonst ein Getier versuchen zu entspringen, abfangen würden sie es, festhalten, einsperren. Im übrigen harrten sie Alberts, dem sie anbefohlen waren, er hatte ihnen aufgetragen, selbst nichts zu unternehmen; auch der Amtmann hatte sie angehalten, alles zu tun, was der Herr aus dem Jagdhaus anordne.

Die Männer saßen, genossen der warmen Vollmondnacht, wußten nicht, was sie erwarten sollten, es kümmerte sie wenig. Als Minute um Minute nichts geschah, eine Stunde ereignislos verging und die Mitternacht näherrückte, legten sie ihre Flinten beiseite, lockerten den Gäulen die Riemen unter den Bäuchen und setzten sich ins Moos. Einer achtete sogar des Scheines nicht und steckte sich ein Pfeifchen an. Was sollte schon sein, dachten sie: im Haus ist es still, alles dunkel, wenngleich die Läden offen – jeden Kienspan hätte man aufglimmen sehen. Sie lehnten sich zurück und sagten zueinander, solche Aufträge sollte es häufiger geben.

Wo Albert bliebe, fragten sie, wahrscheinlich lag er, ähnlich ihnen, irgendwo im Versteck und würde hervorknallen, kaum daß etwas sich regte. Die Sommernacht breitete sich über sie alle.

Da war Geräusch, ein Rascheln, kein Hufgetrappel, zu Fuß kam eins, nicht übern Pfad, kam mitten durch den Wald.

– Halt! Steht! Zeigt Euch! Wer da? riefen sie durcheinander, und hätten in ihrer Verwirrung losgeschossen, wäre nicht ein strahlend helles Geschöpf zwischen Tannen hervorgetreten. Die Jungfer vom Jagdhaus war's, Charlotte, der Schönsten eine und im Dorf ob ihrer Freundlichkeit und ihres Wesens sehr beliebt.

– Ihr seid's, Mamsell, sagte der mit der Pfeife. Nicht gut ist es, diese Nacht im Wald zu streifen. Wir sind auf der Pirsch, die Hatz ist anbefohlen, leicht hätte eine Kugel Euch zum Üblen werden können.

– Hatz und Pirsch? keuchte Charlotte, vom Laufen außer Atem. Sie hatte es im Forsthaus nicht ausgehalten, schlimme Ahnung quälte sie, noch gesteigert, als sie Albert nicht auf seiner Stube vorgefunden, das Zimmer leer und, schlimmer noch, die Flinten von der Wand genommen!

– Ihr sucht Euren Verlobten? fragte der Pfeifenraucher.

– Ist Albert hier? erwiderte sie und wußte, es muß so sein: Wo hatten sie alle sich denn versammelt? vor Werthers Haus! Was sah Charlotte – eine Schar Bewaffneter, die Büchsen im Anschlag, ausgerichtet auf die Wohnung des Freundes! Albert mußte – Charlotte durchfuhr's als Schauder – Kenntnis von Werthers Doppelsein erhalten haben, mußte ausgezogen sein, den Wolf in Werthern zu bekämpfen.

Lotte stellte knappe Fragen, die Antworten der Wachmänner bestätigten schlimmsten Verdacht. Ja, Krieg war ausgebrochen, der Waffengang zwischen ihrem Verlobten und dem Raubtier, als das Lotte den stillen Werther erlebt. Mensch gegen Tier, Jäger gegen Bestie, so hatte es stets geheißen, seit der denkende Mensch sich aufgerichtet und entschlossen hatte, sich von der Kreatur zu unterscheiden. So lautete die Losung heute nacht, darob faßte Lotte schlimme Angst – noch schlimmere aber, weil sie in sich nicht entscheiden mochte, wem sie den Sieg gegönnt! Von welchem wünschte sie, daß er *danach* heimkommen würde, ins Jagdhaus, besudelt vom Blut des andern – Albert? der ihr die Gediegenheit eines beschaulichen Lebens bot, sie ewig wertschätzen würde – wollte sie den Verlobten als Sieger sehen? Oder Werthern? den wilden Poeten, den verrückten Edelmann, der ihr die Glut der Leidenschaft, den Ausbruch aus der Welt der Sitte vorgegaukelt, durfte sie sich so einem anvertrauen? Was, wenn das erste Feuer verlodert, er ihrer überdrüssig, sich nach neuen Leidenschaften umsah? Lotte konnte ob der ausweglosen Lage keinen Gedanken finden, sah sich allein im Dickicht, umringt von Männern, die sie neugierig begafften und sich verwunderten, weshalb es die Mamsell wohl in den Wald getrieben.

Schon wollte sie ihr unsinnig Abenteuer abbrechen, recht gute Nacht den Wächtern wünschen, ihnen einen Gruß an Albert aufgeben, als sie den Blitz vom Pulver hinter Werthers Fenster sah. Sie hörte den Schuß fallen und wußte, was geschehen. Ohne der Männer zu achten, die sie warnten, Albert sitze im Gebüsch und werde feuern, sobald sich etwas rege, stürzte Lotte zum Haus hin. Sie hatte Werther darin nie besucht, unschicklich wäre es gewesen; nun aber stieß sie die Tür auf, drang ein und sah ein Bild, wie es keinem Menschen je vor Augen gekommen.

Dort lag das Geschöpf, das sie ihren Freund genannt, von dem sie all die Zeit gewußt, daß er sie fromm, wild, ausweglos und herzlich liebte – ja! Lotte hatte es vom Augenblick an *gewußt*, als Werther in ihr Haus getreten und zugesehen, wie sie den Kleinen die Abendbrote schnitt: dieser liebt mich, ist mir ergeben und verfallen, dieser ist nicht zu retten, seine Liebe gehört mir. Das war Lottens Schuld und Sünde gewesen von Anfang an, sich mit seiner unglücklichen Liebe zu schmücken, sie nicht zu erwidern, und doch kein klares Wort an Werther je zu richten: Höre, du liebst umsonst, Erfüllung kann dir niemals sein, erkenne, fasse dich und geh!

Hoffärtig hatte Lotte gehandelt, als sie ihm auf der Terrasse Hoffnungen machte, sündhaft zwiefach, da sie nach vollzogener Liebe mit dem Wolf Werthern im Unklaren gelassen, was dies bedeute: War sie auf ewig sein, oder war's ein Fehltritt, den man verdunkeln mußte? Lotte hatte *nichts* gesagt, nicht Werthern und auch Albert nicht, hatte sich gesonnt im Glanz zweier Trabanten, die unablässig um sie kreisten.

Darum war Charlotte starr vor Grauen, als sie ihn liegen sah, hatte *sie* ihn doch so weit gebracht – mehr noch! hatte sie ihm die Waffe dafür gesandt! Nicht wußte Lotte, daß Werther die Pistol mit Alberts Silberkugel geladen hatte; die magische Kugel, von der Heilerin gegossen, war ihm ins Herz gedrungen.

Was der Verzweifelte hatte erreichen wollen, was ihm die Hand geführt, den Mut gegeben, den Schuß abzufeuern, war nicht eingetreten: Werther hatte als Mensch gehandelt, um den Dämon in sich zu überwinden. Doch mit eben dem Schuß hatte er den letzten Rest von Mensch aus sich herausgetrieben, als Wolf, als erschossene Bestie lag er auf den Fliesen. Ein großmächtiges Vieh mit schwarzem Pelz, furchteinflößenden Klauen, mit aufgerissnem Maul und gelben Augen, die leblos zu Lotte aufstarrten. Das war Werther, ach! die Verwandlung hatte unerbittlich stattgehabt. Einzig sein letzter Wunsch war in Erfüllung gegangen, er hatte sterben wollen, und gestorben war er.

Im Tode war er nicht allein. Obzwar Lotte allein zu ihm hineingetreten und keiner der Wächter sich nahte, standen andere über dem Hingegangenen. Es war nicht zu erklären, und Lotte suchte nach Erklärung nicht. Als ob die Rückwand des Hauses eingestürzt, sah sie in hellem Lichte – konnte der Mond so strahlend leuchten? – zwei Gestalten. Der eine war ein Hund, und war zugleich keiner, denn in Nero zeigte sich der Dämon just im Moment, als sein Bruder, der zum Dämonen umgestaltet werden sollte, von dieser Erde ging. Drum hob der Dämonenwolf das struppige

Haupt und heulte himmelwärts, trauernd über den Unwiederbringlichen. Neben ihm entdeckte Lotte einen würdigen Mann, dessen Anblick ihr nicht fremd war, erinnerte er doch an den guten Grafen von W., dessen Gemälde sie kannte. Die beiden – Geisterwesen, Fabelgestalten, Lichtspiele? Lotte wagte keine Antwort – erwiesen dem Unglücklichen die Ehre, der sich weder im einen noch im andern Leben einrichten hatte können, gescheitert war an beiden. Sie blickten Lotten an, mit einem Blick, der ihr durchs Mark fuhr. Es war ihr, als wüßten die Gestalten von Lottens Sünde, wüßten, daß sie, nur sie! einen Verzweifelten in die letzte Schlucht des Sterbens getrieben hatte.

Da sank sie hin, keines Wortes mächtig. Der Graf aber und sein Gefährte nahmen Werther auf und trugen ihn hinaus, ohne daß ein Menschenaug es wahrnahm. Trugen ihn vorbei an den Wächtern, die festgebannt standen und hinterher nicht sagen konnten, hatten sie was gesehen, hatte der Wind gewispert in den Blättern?

Zusammen mit dem Dämon begrub der Graf von W. Werther, den Wolf, an jener Stätte, die er sich erwählt, unter den Linden. Niemand folgte dem Zug, niemand außer ihnen kannte sein Grab, kein Geistlicher hat je es zu Gesicht bekommen.

Des nächsten Tages erst ward Alberts Leichnam gefunden. Man fürchtete um Lottens Leben; verfrüht, sie fand Genesung und überlebte jene, die ihr teuer waren, gut fünfzig Jahre.

Seit jener Vollmondnacht ließ sie kein Sterbenswort verlauten, was Wahrheit war und was Gerücht. Sie heiratete nicht, erlaubte keinem, um sie zu werben. Nur einmal, Monate nach dem Unglück, verschwand Charlotte, geheimnisvoll, für Wochen aus ihrem Elternhaus; niemand erfuhr, wo sie gewesen. Es hieß, etwa zur gleichen Zeit sei einer Heilerin aus dem Nachbarort, einer unansehnlichen Person, ein Knabe geboren worden, unerklärlich, da sie keinen Liebsten hatte. Das Kind lebte fortan bei jener Frau, und es wird erzählt, Charlotte habe dem Knaben viel Zuwendung geschenkt.

Selbst nach dem Tod des alten Fräuleins Charlotte wurde darüber mehr nicht bekannt. Es verlautete nur, der Junge soll sich aufgemacht haben in die weite Welt: mag sein, man wird noch von ihm hören.

⋆ ⋆ ⋆